Son de Mar

Alfaguara es un sello editorial del Grupo Santillana.
Éstas son sus sedes:

Santillana, S. A.
Beazley, 3860
Buenos Aires 1437
Argentina

Santillana de Ediciones, S. A.
Avda. Arce 2333, entre Rosendo
Gutiérrez y Belisario Salinas
La Paz
Bolivia

Santillana, S. A.
Calle 80, nº 10-23
Santafé de Bogotá
Colombia

Santillana de Costa Rica
La Uruca, 100 m oeste de Migración
y Extranjería
San José de Costa Rica
Costa Rica

Santillana del Pacífico, S. A.
Dr. Arztía 1444 - Providencia
Santiago - Chile

Santillana, S. A.
Avda. Eloy Alfaro, 2277, y 6 de Diciembre
Quito
Ecuador

Santillana Centroamérica
10ª Calle, 6-48 A
Zona Núm. 9
Guatemala C. A.
Guatemala

Santillana, S. A.
Colonia Loma Linda Norte
Avda. Lafao-Calle Yuri, casa nº 21-36
Tegucigalpa
Honduras

Santillana, S. A de C. V.
Avda. Universidad 767
Colonia del Valle
03100, México D. F.
México

Santillana Perú
Avda. San Felipe 731
Jesús María
Lima - 11
Perú

Santillana Puerto Rico
Centro Distribución Amelia
Calle F Núm. 34, esquina D
Buchanan/Guaynabo
San Juan P. R. 00968

Santillana, S. A.
César Nicolás Penson, 26 Esq. Galván.
Edif. Syran 3º piso
Gazcue. Santo Domingo
República Dominicana

Santillana, S. A.
Javier de Viana 2350
11200 Montevideo
Uruguay

Santillana Paraguay
Prócer Carlos Arguello, 228
Asunción
Paraguay

Santillana USA
2105 N.W. 86 th. Avenue
Miami, F. L. 33122
USA

Santillana Venezuela
Avda. Rómulo Gallegos
Edif. Zulia, piso 1
Boleita Norte, Caracas
Venezuela

Santillana Panamá
Urbanización Industrial La Locería
Calle Juan Pablo, II Local 16 - A
Panamá

Santillana El Salvador
C/ Loma Linda y Pasaje 1, 125
Colonia San Benito
S. Salvador-El Salvador

Manuel Vicent

Son de Mar

ALFAGUARA MR

SON DE MAR
D.R. © Manuel Vicent, 1999

De la edición española:
D.R. © Grupo Santillana de Ediciones, S.A., 1999
Torrelaguna 60, 28043, Madrid, España
www.alfaguara.com

De esta edición:
D.R. © Aguilar, Altea, Taurus, Alfaguara, S.A. de C.V., 1999
Av. Universidad 76, Col. del Valle
México, 03100, D.F. Teléfono 688 8966

- Distribuidora y Editora Aguilar, Altea, Taurus, Alfaguara, S.A.
  Calle 80 Núm. 10-23. Bogotá, Colombia.
- Aguilar, Altea, Taurus, Alfaguara, S.A. de C.V.
  Av. Universidad 767, Col. del Valle
  México, D.F., C.P. 03100
- Aguilar, Altea, Taurus, Alfaguara, S.A.
  Beazley 3860, 1437. Buenos Aires.

Primera edición en México: abril de 1999
Segunda reimpresión: agosto de 1999

ISBN: 968-19-0575-X

D.R. © Diseño:
Proyecto de Enric Satué
D.R. © Fotografía de cubierta:
Age. Fotostock

Impreso en México

*... de cómo los náufragos,
como los atunes, vuelven a la vida
bajo la luz de agosto
en el Mediterráneo...*

El cuerpo de Ulises Adsuara apareció flotando en la bahía un domingo de agosto a las dos de la tarde cuando la playa estaba llena de gente. Las olas, que en ese momento eran suaves, lo fueron sacando a tierra boca arriba desde alta mar y al principio sólo era un punto oscuro que se divisaba más allá del rompiente del segundo espigón, por eso muchos bañistas lo confundían con un palangre o un madero, pero después su forma se fue concretando y finalmente comenzó a flotar con los brazos abiertos entre la multitud que chapoteaba en la orilla.

Nadie habría reparado en aquel cuerpo si hubiera ido en traje de baño ya que la suavidad de su vaivén era parecida a la de esos nadadores que se hacen el muerto, pero en este caso se trataba de alguien que nadaba vestido con esmoquin, pantalón gris a rayas, fajín, camisa blanca, corbata de lazo y zapatos de charol. También llevaba una flor silvestre en el ojal que el oleaje no había logrado arrancar. Hubo un momento en que su mano crispada rozó el costado de una chica cuando ya el ahogado venía flotando entre los bañistas más alejados de la orilla y el reproche que la chica le lanzó de repente se convirtió en un grito de pánico que alertó a cuantos estaban alrededor y que enseguida se multiplicó en unas voces de auxilio o de terror cuando finalmente la gente se dio cuenta de que estaba nadando junto a un muerto.

Acudió muy pronto la zodiac del equipo de socorristas alertado por los gritos que se iban sucediendo hasta la playa. Ulises Adsuara fue cargado en la lancha y aunque parecía evidente que se trataba de un ahogado con muchas horas de navegación, el equipo de socorro hizo por él todo lo establecido en las normas de salvamento. Primero se intentó reanimarlo con la respiración artificial, con un masaje cardíaco, con todos los ejercicios que vienen en el manual de la resurrección; un salvador muy bragado le dio varios besos de tornillo con que trató de devolverle el alma; después en la playa se le puso cabeza abajo para que arrojara el agua que llevaba dentro y finalmente fue depositado en la arena ardiente vestido como un novio y mientras llegaba la ambulancia el náufrago quedó a pleno sol con las pupilas dilatadas a disposición del turismo, que no siempre halla un suceso de esta índole para matar el tedio del verano.

Aunque se trataba de un vecino de Circea, pequeña ciudad de 20,000 habitantes donde todo el mundo se conocía, en el primer momento nadie pensó en aquel Ulises Adsuara, que fue famoso en los bares del puerto. El naufragio apenas le había alterado el rostro, aunque sí el cuerpo, pero en este caso había un elemento realmente insólito: resulta que Ulises Adsuara ya había muerto ahogado otro verano, hacía diez años. Entre los curiosos que ahora rodeaban su cadáver el guardia civil jubilado Diego Molledo, también vecino de esta población marinera, fue el primero en advertir que aquel náufrago no era desconocido. Cuando la ambulancia se llevó el fiambre hacia la ciudad el guardia civil volvió a sentarse en el chiringuito y no paró de darle vueltas a la cabeza mientras se tomaba unas cañas. No lograba dar con el nombre del ahogado hasta que su señora le pidió al camarero otra ración de patatas fritas y una mojama de atún. Eso le abrió de golpe la memoria. ¿Patatas fritas, has dicho? ¿Mojama de atún? Aquel náufrago se parecía muchísimo a Ulises Adsuara, cayó de pronto en la cuenta Diego Molledo, guardia civil jubilado, pero enseguida desechó esa posibilidad. Él era comandante del puesto cuando hace años, lo recordaba muy bien, a Ulises Adsuara se le dio por ahogado en esta misma playa, un domingo de agosto como éste. Su rostro no había cambiado demasiado. Aunque hubiera jurado que se trataba de la misma persona, en Circea todo el mundo daba por supuesto que Ulises Adsuara había zozobrado en su barca aquel verano, de modo que el guardia aceptó que estaba sufriendo una alucinación. Sólo unos pocos sabían que Ulises le había pedido a su mujer patatas fritas para comer ese día. A cambio él había jurado que le traería el primer atún de la temporada. Mientras Ulises naufragaba Martina estaba friendo aquel domingo aciago esas patatas que tanto gustaban a su marido, redondas, crujientes, ahogadas en el aceite de oliva que habían comprado durante la excursión por el alto valle de la Alcudiana. Ese dato fue objeto de comentario en la investigación, por eso ahora había abierto la memoria del guardia civil jubilado.

Cuando llegó la ambulancia al puesto de la Cruz Roja del Mar también allí se produjo el natural revuelo de curiosos. Todos los veranos se ahoga algún bañista en esta playa pero la gente no acaba de acostumbrarse a este tributo que el Mediterráneo se cobra en especie a cambio de tanta felicidad como proporciona. Los socorristas sacaron la camilla y antes de que fuera introducido en el ambulatorio el cadáver pasó descubierto por delante de la parada de taxis que había en la puerta. Uno de los taxistas, Vicente Lambert, viéndolo sólo de refilón, dijo que aquel muerto era Ulises Adsuara, marido que fue de su prima Martina. Es más, lo afirmó de forma rotunda. Pero enseguida otro taxista le rebatió:

—¿El profesor Ulises? ¡Cómo dices eso! Ulises ya murió una vez.

—No importa.

—Murió también ahogado.

—Se lo tragaría el mar o quien tuviera más hambre, pero su cuerpo no ha aparecido todavía.

—¿Y crees que un náufrago va a llegar a tierra después de diez años o más?

—No importa. Ese ahogado es Ulises. Yo tengo buen ojo para los muertos —aseguró su pariente lejano, Vicente Lambert.

El cadáver quedó tumbado en una mesa apropiada, cubierto con un paño, en aquel puesto de socorro a la espera de que llegara el juez, quien, como es lógico, siendo un domingo de agosto, había hecho todo lo posible para que no lo molestara nadie. Allí se personó un policía municipal, nuevo en la plaza, que primero husmeó el fiambre, luego le registró el traje y del bolsillo interior del esmoquin le sacó un pasaporte empapado, hasta el punto que la tinta corrida hacía difícil leer el nombre del propietario y su filiación. En cambio la fotografía plastificada estaba en perfecto estado y correspondía a los rasgos del muerto que en ese momento aún tenía los ojos azules muy abiertos y usaba la misma barba recortada que no era de aventurero. Después de descifrar con paciencia cada una de las letras, el policía concluyó que la documentación pertenecía a Andreas Mistakis, natural de Corfú; de edad incierta, puesto que la fecha de nacimiento no se leía bien, aunque por la calidad de su dentadura parecía tener cuarenta años bien cumplidos.

Al principio se dio por bueno que el ahogado era un turista extranjero, probablemente griego, según constaba en el pasaporte, pero en aquella habitación donde permanecía el cuerpo aparente de Andreas Mistakis entraba y salía gente. Unos por curiosidad y otros por morbo levantaban el paño mortuorio para verle la cara y no pasó mucho tiempo sin que la polémica se planteara de nuevo. Las personas que rodeaban la mesa eran paisanos del ahogado, algunas de su edad más o menos, de modo que podían aportar algún dato acerca de su identidad. Todos coincidían en que el parecido con Ulises Adsuara, aquel profesor de literatura clásica, al que llamaban el Cazalla en los cafetines del puerto, era no sólo extraordinario sino casi milagroso. Pero uno de los presentes, Xavier Leal, que fue amigo y colega, profesor de dibujo en el mismo Instituto, planteó la primera duda. Ulises en vida tenía los ojos negros y su cadáver los tenía azules. Enseguida comenzó la discusión. ¿Cómo se puede recordar el color de unos ojos después de tantos años? Sólo si has estado muy enamorado. El testigo Xavier Leal aseguraba que esas pupilas dilatadas cuya tonalidad era de un azul verdoso transparente no pertenecían a aquel compañero que había desaparecido bajo las aguas del Mediterráneo. ¿Acaso a Ulises, después de pasar tanto tiempo en el fondo del mar, los ojos se le habían vuelto azules? Esta idea le parecía demasiado cursi o poética para manifestarla ante aquel cuerpo presente. En cambio la pequeña cicatriz que le partía la barbilla la reconocía como legítima de su colega, producto de un mordisco de amor que le había dado Martina en un momento en que ella sacó la loba que llevaba dentro, pero este hecho a Xavier Leal no le resolvió la duda. Creía que Ulises en vida no era tan alto, si bien el esmoquin le caía a medida.

Entre las personas que aguardaban al juez no había ningún filósofo. De ser así, mientras llegaba el informe oficial de la muerte, se pudo haber discutido de fenomenología, de la apariencia de los seres o de la realidad de los cuerpos presentes. Una sola peca o una mínima herida ayuda más al principio de identidad o a la investigación de un crimen que todos los conocimientos del alma humana. Las personas cambian. Su individualidad se inscribe en la piel mediante las erosiones que crea el tiempo hasta labrar un jeroglífico que la policía debe descifrar y en esta tarea hay momentos en que los filósofos se cruzan con los detectives, pero alrededor del cadáver de Ulises Adsuara no había ningún filósofo y el único policía que se encontraba allí era nuevo en la localidad y no sabía nada de esta historia de aparecidos.

—Aquí hay un cadáver con el pasaporte en regla —dijo el policía municipal—. Hay que llevarlo al depósito del hospital para la autopsia. Que alguien avise al forense. ¿Por qué no viene el juez?

—El juez y el forense deben de estar en la playa.

—Habrán dejado, al menos, un número de teléfono.

—Lo estamos averiguando —contestó el jefe de los socorristas.

—Hay que buscarlos. Oficialmente este individuo no está muerto mientras no lo firme la autoridad competente y aquí hace mucho calor.

Encontrar a un juez y a un forense a las dos de la tarde de un domingo de agosto en una playa del Mediterráneo con siete kilómetros de sucesivas urbanizaciones que vertían oleadas de cuerpos desnudos en la arena, todos con el mismo deseo de quedar transfigurados, planteaba un problema tan difícil de resolver como saber quién era realmente aquel individuo vestido de boda que estaba tumbado en la camilla del puesto de la Cruz Roja en el puerto. Después de una hora de discusión se llegó al acuerdo de que se necesitaba más superficie de piel para reconocer a aquel ser que había vomitado el Mediterráneo. En estos casos siempre existe una peca secreta que soluciona la identidad de las personas, ese código del tacto que sólo conocen los amantes en la oscuridad, pero allí no había nadie, ni siquiera su amigo íntimo Xavier Leal, que aportara una prueba inequívoca sobre la identidad del náufrago. Alguien dijo que la única forma de salir de dudas era llamar a Martina, la hipotética viuda, para que reconociera el cadáver. Lógicamente ella debía recordar el cuerpo de su primer marido hasta el último detalle. El taxista Vicente Lambert corrió en busca de su prima.

Mientras tanto, después de muchos intentos por localizar al juez y al forense a través del móvil que estaba fuera de servicio, el jefe de los socorristas optó por mandar una furgoneta dotada con megáfono para que recorriera las playas voceando sus nombres, cosa que hizo durante una hora cuando el sol caía más a plomo sobre la arena. Sin duda uno de aquellos cuerpos desnudos, que se apelmazaban en la orilla del mar ese día tan caluroso de agosto, pertenecía a Fabián García, forense titulado, y otro a Leonardo Muñoz, juez de instrucción cuya firma era necesaria para dar avío a un cadáver.

En efecto, había que desenmascarar a un muerto vestido de esmoquin, pero ¿quién sería capaz de reconocer a un juez y a un forense totalmente desnudos? A lo largo del paseo marítimo una poderosa voz metálica que salía del techo de la furgoneta dio varias pasadas sobre la extensión de bañistas tendidos en la arena rogando a estos dos señores que se presentaran en el puesto de socorro. Atención, atención, don Fabián García, preséntese urgentemente en el ambulatorio del puerto. El altavoz lo llamaba de forma tenaz, cada vez con más autoridad, con más impertinencia. Atención, atención, se ruega a don Fabián García, preséntese urgentemente en la Cruz Roja.

El forense oyó sonar su nombre en el espacio y trató de abrir los ojos contra la vertical del sol que lo deslumbraba pero no hizo nada por abandonar aquel sopor de las tres de la tarde. ¿Sería Dios quien lo llamaba para el Juicio Final? Aunque fuera eso, no pensaba levantarse de la tumbona. Tendría que bajar Dios a condenarle allí mismo en la playa de La Sirena. El fulgor del sol en la piel le impulsó a rebelarse, a hacerse fuerte en aquella modorra tan dulce. Llegó a imaginar que si este placer del verano coincidiera con el Juicio Final, al oír las trompetas de los arcángeles, muchos muertos podían negarse a resucitar por simple pereza y él, Fabián García, forense titulado, sería uno de ellos. Existe una rebeldía propia de los hedonistas, que se atrincheran en cualquier clase de dulzura y se niegan a experimentar más allá, pero desde el paseo el megáfono no cesaba de repetir su nombre obsesivamente, una y otra vez. Pensó que tal insistencia se debía, no a que tuviera que resucitar él mismo, sino a que se había producido algún muerto. Que se vaya al diablo, rezongó para sí. ¿A qué insensato se le habría ocurrido morir bajo el esplendor de un día como ése? El forense era un resistente desnudo que se sentía enmascarado por el resplandor del sol, de modo que decidió no cumplir con su deber y se quedó tumbado en la playa. Si había algún muerto, podía esperar a que terminaran esas horas de felicidad. Atención, atención, se ruega a don Fabián García que se presente a certificar un náufrago.

—Tendrás que ir. Insisten demasiado —le dijo su novia Marita extendida a su lado en la arena.

—No pienso hacerlo ahora. Iré después de la verbena. Tú y yo tenemos que bailar el chachachá —contestó el forense.

Por su parte el juez Leonardo Muñoz se encontraba a esa hora en la cala de los nudistas, al sur de la ciudad, un lugar al que sólo se podía acceder a pie a través de varios barrancos escarpados, por una bajada muy brava después de dejar el coche en una pequeña explanada antes del acantilado. Leonardo Muñoz era un juez naturista. Durante la semana celebraba juicios, dictaba sentencias y ni siquiera en los días de fiesta abandonaba su oficio. En verano se llevaba algún sumario a la cala de los nudistas y se pasaba el domingo estudiando a pleno sol esos papeles completamente desnudo, solo, con unas empanadillas de espinacas y un perro lobo que atendía por el nombre de *Reo*. En ese momento tenía en las manos unos infolios en los que se relataban los pormenores de un crimen acaecido en su demarcación: un constructor muy conocido en esa parte de la costa había aparecido flotando dentro de una bolsa de plástico entre los cañaverales de un humedal con la evidencia de haber sido asesinado con un escopetazo a bocajarro por la espalda. La lectura de este caso de sangre se fundía en el cerebro del juez con el sonido de las olas y los gritos de los niños.

La cala estaba repleta de nudistas a las tres de la tarde de ese domingo de agosto cuando, de pronto, *Reo* levantó las orejas, movió el rabo y se puso a mirar muy nervioso un punto concreto de la línea del mar. Al parecer le había llamado la atención algún hecho que pasaba inadvertido a cuantos nudistas estaban nadando en ese instante.

El perro había quedado de muestra mientras el suave oleaje de la cala traía desde alta mar hacia la arena un ramo de flores silvestres, atado con una cinta roja, que llegaba a la orilla meciéndose entre los cuerpos que chapoteaban. Tal vez esas flores, entre las que había algunos lirios salvajes, tenían a *Reo* muy intrigado porque las estuvo olisqueando lleno de interés cuando una niña nudista las sacó a la playa para mostrárselas a los padres que estaban en sus hamacas bajo una sombrilla. Poco después, por el mismo camino del agua, llegaba flotando una pamela blanca adornada con algunas frutas de raso. El juez Leonardo Muñoz, ajeno al nerviosismo del perro, siguió estudiando el crimen del constructor sin advertir tampoco que era requerido por el teléfono móvil, el cual carecía de cobertura debido a lo angosto de la cala.

Convencido de que el náufrago era Ulises Adsuara y nadie más, el guardia civil jubilado Diego Molledo que se había quedado en el chiringuito, llevado por un celo profesional nunca apagado, después de meditar sobre el caso a lo largo de tres cervezas, se decidió a investigar por su cuenta y para afianzarse en su convicción quiso contemplar de nuevo el cadáver. Se acercó al puesto de la Cruz Roja en el puerto y se sumó al corro de curiosos que opinaba sobre la identidad del muerto. Allí se enteró de la última novedad.

—Es un extranjero —le notificaron.

—¿Está demostrado?

—Lleva pasaporte. Es un griego o un italiano, nacido en Corfú, no se sabe todavía —contestó el policía municipal.

—Déjenme que le eche otro vistazo.

—Está a su disposición —dijo el jefe de los socorristas.

—Es imposible que un hombre se asemeje tanto a su cadáver y no sea el muerto. En mi vida he visto un parecido tan igual —afirmó Diego Molledo después de escrutarle atentamente el rostro.

Además del rostro del ahogado el guardia civil Diego Molledo también comenzó a analizar la ropa que vestía. El esmoquin pasado de moda tenía una mancha en la solapa y llevaba una etiqueta de un antiguo establecimiento de Valencia; los zapatos de charol eran de horma clásica; los pantalones aparecían con señales de polilla aunque no estaban usados, de modo que el muerto daba la sensación de que acababa de salir de un viejo armario cerrado durante mucho tiempo.

—Este pájaro se habrá caído borracho de algún yate durante una fiesta en alta mar —comentó alguien.

—También parece como si se acabara de casar. ¿Alguno de ustedes recuerda la boda de Ulises? —preguntó el guardia civil jubilado.

—Yo me acuerdo muy bien de su boda porque fui uno de los testigos. Se casó con este mismo esmoquin. Estoy completamente seguro —contestó Xavier Leal, el colega del Instituto.

—Eso que dice usted es muy curioso. ¿Podría explicarlo?

—Un servidor acompañó a Ulises un verano a Valencia a alquilar este mismo esmoquin. Lo recuerdo por esta mancha en la solapa.

—¿Cómo es posible acordarse de eso?

—Pues me acuerdo —exclamó Xavier Leal.

—¿Cuánto hace?

—Unos diez años lleva ya muerto. Y con Martina estuvo casado cinco o seis. Ésa es la cuenta. Los años que tenga su hijo Abelito.

—Ya, ya. ¿Y este papel? —exclamó el guardia civil jubilado haciéndose el detective inglés.

De uno de los bolsillos del esmoquin Diego Molledo acababa de sacar un papel humedecido que contenía un dibujo al carboncillo que el agua había convertido en una amalgama negra casi indescifrable pero en ella aún podían adivinarse algunos trazos, entre ellos el de la firma. Al ver ese papel Xavier Leal quedó muy turbado, guardó silencio, salió a la calle y no pudo reprimir las lágrimas. Ahora podía jurar que aquel muerto era Ulises.

El día en que lo tragó el mar, Ulises no iba vestido de esmoquin sino de pescador dominguero, con vaqueros, camisa de cuadros, gorra de visera, gafas de cuatro dioptrías y playeras. Aquella mañana de agosto, hacía diez años, Ulises preparó sus pertrechos para salir a pescar al curricán los primeros alevines de atún que ya habían comenzado a bajar desde el golfo de León, según contaban los marineros en los cafetines del puerto. Tenía una pequeña barca, bautizada con el nombre de su mujer, *Martina,* escrito en la aleta de estribor con letras azules. A media mañana en ella se hizo a la mar. Ya no volvió. Al caer la tarde su mujer fue a dar la alarma en el puesto de la Guardia Civil donde la atendió Diego Molledo y éste alertó al equipo de salvamento de la Cruz Roja. La lancha de los socorristas salió en busca de Ulises junto con otras embarcaciones de voluntarios pero la noche se echó encima en medio de una fuerte marejada y hubo que abandonar el rescate. Al día siguiente la barca de Ulises apareció a la deriva a varias millas de la costa. Tenía el curricán lanzado y en él se había enganchado un atún de medio kilo, el que Ulises había prometido traer a su mujer, mordido ya por otros peces. En el pequeño camarote habían quedado unas cervezas, un bocadillo de jamón intacto, el paquete de cigarrillos, las gafas y el transistor encendido que en el momento en que la embarcación fue abordada por el equipo de socorro estaba dando por la radio local la noticia de la búsqueda de Ulises alternándola con canciones de Julio Iglesias. Ulises no sabía nadar. Y aunque hubiera sabido le habría servido de poco, dada la altura en que se encontraba la barca y la fuerte marejada que se estableció de repente ese día. El guardia civil jubilado que había participado en aquella operación no paraba de contar una y otra vez esta aventura a los recién llegados que ya la sabían de memoria.

—Si el cuerpo no apareció, ¿a qué cree usted que se debe? El mar no quiere hombres. Tarde o temprano suele echarlos fuera, pero diez años parecen demasiados. ¿No se habló de que se había suicidado atándose el ancla al cuello y que se hundió a cien brazas de profundidad? —preguntó alguien al guardia civil jubilado.

—Tenía razones muy fuertes para no hacerlo. Ese domingo su mujer le estaba preparando patatas fritas para comer.

—¿Y ésa es una buena razón para no matarse?

—Lo es.

—¿Ni para huir?

—Eso creo —contestó muy firme el guardia civil jubilado—. Según contó la mujer en su día Ulises le había prometido que le traería un atún recién pescado, el primero de la temporada, pero las patatas fritas eran lo que más le gustaba del mundo. Aunque sólo fuera por eso tenía que haber regresado a casa. No había nada que deseara tanto como pescar el primer atún y que Martina friera unas patatas con aceite de oliva. Eso juraba ella.

Media hora después de haber salido el taxista a avisar a su prima Martina a la mansión del cerro donde ahora vivía, Vicente Lambert volvió al puesto de la Cruz Roja muy excitado diciendo que su prima Martina había desaparecido y que nadie sabía de su paradero desde el jueves en que se fue de casa con una bolsa de deporte sin despedirse de nadie. De esta forma en torno a este suceso comenzó a crecer la curiosidad y, si bien a esa primera hora de la tarde de aquel domingo de agosto el termómetro marcaba cuarenta grados, algunos allegados al caso se fueron acercando al puesto de la Cruz Roja y entre ellos estaba el constructor Alberto Sierra, actual marido de la desaparecida Martina, y el hijo que el náufrago Ulises tuvo con ella, a quienes acompañaban otros familiares y conocidos. Abelito era un niño todavía cuando a su padre se lo tragó el mar. Ahora tenía unos quince años y parecía muy reflexivo. El policía municipal levantó el paño y le presentó el cadáver al muchacho que quedó perplejo observándole el rostro detenidamente. El policía le preguntó:

—¿Lo reconoces como tu padre?

—No estoy seguro —contestó el muchacho después de un largo silencio.

—¿No recuerdas ninguna señal que tuviera en la cara o en las manos?

—Sólo recuerdo su voz. Mi padre a veces me llevaba al mar en su barca y me cantaba canciones napolitanas.

Aunque tampoco reconocía la identidad de aquel náufrago, para el actual marido de la desaparecida Martina de pronto tomaron sentido algunas reacciones equívocas, ciertos silencios confusos de su mujer durante el último año. Comenzó a sospechar que estaba sucediendo algo muy desagradable. Alberto Sierra era un hombre importante en la localidad, metido en política y que además tenía una constructora con centenares de apartamentos y chalets repartidos por playas y colinas de aquel lugar de la costa. Estaba acostumbrado a imponer su voluntad en el Ayuntamiento con métodos no muy legales y de él se decía que criaba un cocodrilo en la piscina y que si hubiera nacido en Sicilia el capo de los mafiosos le habría servido para ir a por tabaco, pero tenía el corazón más tierno que uno pueda imaginar.

El orgullo de Alberto Sierra le impedía manifestar la angustia que sentía por la desaparición de su mujer. Podía tratarse de un secuestro, aunque hasta ese momento no había recibido ninguna llamada exigiendo rescate. Tampoco se había descartado un accidente, pero después de tres días de ausencia todas las comisarías y hospitales ya habían sido investigados sin resultado alguno. Y por otra parte, pensar que su mujer se había fugado con un amante le sumía en la más profunda humillación. A él no podía pasarle eso. No concebía que Martina, tan dulce y tan sumisa, le hubiera abandonado. Se lo había dado todo. Hija de un tabernero, después mujer de un desarrapado profesor de Instituto desaparecido en el mar, ahora Martina era la señora de este multimillonario, el más influyente político de la ciudad, el cacique indiscutible que mandaba en la sombra. Pese a que no estaba dispuesto a admitir esta contrariedad, sintió una emoción muy confusa cuando vio aquel cadáver vestido con ese maldito esmoquin pasado de moda que él reconocía. No era el rostro del náufrago sino ese esmoquin y la puta flor en el ojal lo que le había perturbado. El día anterior había visto ese traje de novio en el podrido camarote de un barco y era el mismo que su mujer había guardado en un baúl del desván. Entre la gente que rodeaba el cuerpo del extranjero ahogado comenzó a cundir también la preocupación por el paradero de Martina.

¿Dónde estaba el juez? ¿Por qué no había llegado todavía el forense? Eran las preguntas que se hacían el policía municipal, el guardia civil jubilado, el grupo de socorristas, el taxista y otros allegados a este suceso a quienes a esa hora del domingo se les estaba pasando ya la comida. En ese momento preciso *Reo,* el perro lobo del juez, había comenzado a ladrar muy excitado en la cala de los nudistas. También comenzaron a oírse los gritos de unas niñas. Primero había llegado el ramo de flores silvestres navegando y a éste le había seguido la pamela adornada con flores de raso color lila que trajeron las olas hacia la arena. Ahora un cuerpo de mujer estaba siendo batido por golpes de mar contra las rocas del farallón y allí lo divisaron unos bañistas alarmados. Después la resaca lo fue llevando hacia el fondo de la cala que cerraba la pequeña bahía y parecía llegar meciéndose con toda suavidad hasta la playa. Era una mujer vestida con traje sastre de Chanel, de un tono blanco crudo. Había perdido los zapatos, pero no el collar de perlas ni las pulseras de oro. Flotaba boca abajo con los brazos abiertos. Varios nudistas de pie con el agua a la cintura recibieron a aquella mujer llena de algas y entre el oleaje la sacaron a la arena donde fue tendida y auxiliada inútilmente.

En este caso no hubo duda alguna. Desde el primer momento muchos nudistas, entre ellos el juez, reconocieron enseguida a la ahogada. Era Martina, la esposa del constructor

Alberto Sierra, aunque la mayoría ignoraba que también fue mujer de Ulises antes de que a éste se lo hubiera tragado el mar hacía diez años. El levantamiento del cadáver no tuvo esta vez ninguna demora: lo ordenó al instante el propio juez, Leonardo Muñoz, completamente desnudo, y fue él mismo quien llamó por el móvil al servicio de socorro para que acudiera a la cala de los nudistas a llevarse a la mujer. Su cuerpo podía salir de la cala por tierra o por mar, pero el equipo de salvamento anunció que iba a mandar una ambulancia que quedaría aparcada en la pequeña explanada donde comienza el acantilado. El cadáver de Martina debía ser transportado hasta allí a brazo o en camilla y para eso tenía que ser ascendido por un sendero escarpado hasta lo alto de la trocha después de atravesar algunos barrancos muy abruptos.

Cuando llegaron los camilleros de la Cruz Roja el cadáver de Martina vestido de Chanel estaba tendido en la arena y el grupo de nudistas que lo rodeaba tuvo que abrirse para que fuera cargado. Alguien le había colocado el ramo de flores en las manos y la pamela de frutas sobre los pies descalzos y de esta forma fue llevado hasta la ambulancia. Bajo el sonido de las chicharras y el violento aroma de las hierbas silvestres los despojos de Martina pasaron a pleno sol por un pedregal que lanzaba destellos minerales. El termómetro marcaba cuarenta grados a la sombra a esa primera hora de la tarde de aquel domingo de agosto y el calor borraba los perfiles de la naturaleza hasta formar con todo una pasta solar muy turbia que no se distinguía del sudor de los ojos. El juez metió el sumario en la cartera, llamó a *Reo* y tirado por la correa del animal a lo largo de la empinada senda, totalmente desnudo a excepción de las playeras Nike, acompañó a la camilla hasta la explanada. Dentro de su propio coche allí aparcado se vistió sucintamente con un pantalón corto y luego siguió a la ambulancia hasta el puesto de la Cruz Roja del Mar donde el cadáver del supuesto Ulises vestido de novio esperaba el de Martina también vestido de novia, como si fueran a celebrar esta vez unas nupcias al otro lado de la vida.

En el puesto de la Cruz Roja se sabía que llegaba una ahogada. Al parecer ese día el mar había dado una gran cosecha, pero nadie sospechaba que fuera Martina esta segunda víctima. Alguien anunció que con el cadáver también venía el propio juez que lo había levantado y el público de curiosos y allegados que rodeaba el ambulatorio, cuyo edificio tenía la traza de una capilla en medio de la explanada del puerto, semejaba a ese grupo de invitados a una boda que espera fuera de la iglesia a que lleguen los contrayentes. En este caso el novio, aunque nadie sabía quién era, ya había venido desde alta mar por el lado de la playa abierta que se extiende al norte de la población de Circea y ahora la novia salida también de las aguas azules estaba a punto de arribar por el sur desde una de las calas del acantilado. A simple vista parecían dos seres hechos el uno para el otro que se buscaban más allá de la muerte.

Cuando la ambulancia se hizo visible entre los contenedores que esperaban el embarque al pie del transbordador de Ibiza el público produjo el natural murmullo de expectación y al instante se abrió para facilitar la maniobra en la misma puerta del ambulatorio. En ese momento algunos repetían el nombre de la ahogada sin equivocarse. Era Martina, mujer de Ulises, Martina, la esposa del constructor, la madre de Abelito, la hija de Basilio Lambert, dueño de El Tiburón, una de las cantinas del puerto.

Nadie se equivocaba porque Martina podía ser las tres o cuatro mujeres a la vez. Ulises la estaba esperando dentro tendido sobre una mesa en una habitación donde también había una zodiac de salvamento. El hijo Abelito y su padrastro, el multimillonario Alberto Sierra la aguardaban en primera fila bajo el dintel para ser los primeros en recibirla cuando se abriera la ambulancia. Ambos alimentaban una remota esperanza de que se tratara de un cadáver incierto, pero habían comenzado a llorar de antemano sin tener la absoluta seguridad de por quién lo hacían, y para detener sus lágrimas no fue suficiente el que Martina llegara sonriendo abrazada a un ramo de lirios salvajes más hermosa que nunca, cosa que asombró a todo el mundo. Apenas cumplidos los treinta y cinco años Martina manifestaba la sazón de una gran belleza sólo arañada por unas leves arrugas que la hacían aún más atractiva y su cuerpo tenía una fragilidad que obligaba a imaginarla como un ser transparente sin dejar de ser por eso una mujer muy fuerte. Al posarse la muerte sobre ella, lejos de abotargarla a causa del naufragio, le cubrió el rostro con una dulzura que llegaba a la fascinación. De esta forma fue apeada de la ambulancia mientras el barco que iba a zarpar hacia la isla hizo sonar la sirena cuyo oscuro soplido parecía un homenaje a los náufragos y el llanto de la familia siguió a este sonido hasta la habitación donde los camilleros la depositaron en otra mesa junto al cadáver de Ulises y, aunque nadie lo dijo, todos pensaron que hacían una magnífica pareja.

El juez dio algunas explicaciones a los familiares acerca de la aparición del cadáver de Martina en la cala de los nudistas. A su vez el guardia civil jubilado volvió a contar los pormenores de la llegada del ahogado allí presente a la playa abierta. Al contemplarlos ahora juntos y acicalados como para una fiesta o ceremonia nupcial, todos sospecharon que ambos cuerpos estaban relacionados o atados por un nudo irremediable; en principio se creía que podía tratarse de un crimen o de un misterio que habría que resolver, pero nadie imaginó que estos cadáveres acababan de vivir una maravillosa historia de amor.

A ciencia cierta no se podía asegurar todavía quién era el contrayente que había acompañado a Martina al más allá. Ulises no tenía familia. Algunos amigos y conocidos aportaron detalles pero ninguno era concluyente. Después de que los familiares derramaran las lágrimas inevitables la pareja de ahogados, previa orden del juez, partió en la misma ambulancia hacia el depósito del hospital comarcal situado en la falda de una montaña con vistas al mar para que el forense realizara la autopsia y hacía tanto calor en ese momento que la ropa de los cadáveres se había secado enseguida pero ahora ellos habían comenzado también a sudar.

Bajo el bochorno de ese domingo de agosto las terrazas del puerto a la sombra de los plátanos estaban repletas de turistas sedientos y los ahogados cruzaron este bullicio del paseo flanqueando el tinglado de la orquesta que iba a amenizar las fiestas del verano. Los novios llegaron al depósito y fueron guardados en el frigorífico. Poco después comenzó a sonar la orquesta en el paseo de las palmeras frente al muelle donde estaban atracados los pesqueros y mientras tanto ya doblaba el sol sobre el castillo dispuesto a componer un crepúsculo sangriento de primera calidad, algo así como una gloria de Bernini que a veces hacía aplaudir a los forasteros.

En el polvoriento atardecer, con el sol ya muy oblicuo, el espejo de la dársena se había convertido en una lámina de oro y en ella flotaban las manchas iridiscentes de aceite pesado que dejaban los transbordadores de Ibiza y otros cargueros. A lo largo del muelle estaban tendidas las redes de pesca con boyas de todos los colores y entre ellas se habían montado puestos de helados, tenderetes de pipas y caramelos, mercadillos de pequeña artesanía con mantas tendidas en el suelo y abriéndose paso en el bullicio de la fiesta pasaban grupos de jóvenes con las mochilas para abordar los sucesivos barcos rumbo a la isla y sobre esta sensación de felicidad mediterránea donde no faltaban gatos paseándose por las cubiertas de las barcas sonaba una orquestina que no tocaba rock sino canciones melódicas a cargo de un vocalista con patillas, pelo de brillantina, paquete ceñido, camisa con alas y un peine en el bolsillo de atrás. Desde lo alto de la tarima bajo las palmeras cantaba un bolero de Benny Moré que decía: *Hoy como ayer, yo te sigo queriendo, mi bien, con la misma pasión que sintió mi corazón junto al mar.*

Esa melodía bailaba el forense Fabián García amarrado a su novia Marita en medio de una multitud sudorosa y feliz bajo un aroma de almendras garrapiñadas. Las terrazas de los cafetines del puerto estaban pobladas de veraneantes con la tripa al aire rodeados de madres que tiraban de los carritos de bebés sobre envases pringados con restos de helados y había llantos de algunos niños, gritos de muchas pandillas adolescentes que lamían algodones de azúcar y estruendo de tubos de escape de las motos que cruzaban. Algunas ventadas del siroco se llevaban este jolgorio de la tarde de domingo hacia las afueras del barrio marinero y por la punta de la escollera se perdía en el mar y con el viento se alejaban también las melodías de amor que cantaba el vocalista entre solos de trompeta. Era la mitad de agosto. El verano no había entrado aún en melancolía y aunque ése había sido un día aciago en que había finalizado trágicamente una historia de pasión, la gente bailaba, escupía pipas de girasol, tomaba cerveza, sudaba y era feliz sin importarle nada que no fuera vivir ese instante, y el más pegado a la dicha del momento era el forense Fabián García.

Pero en mitad de la verbena, cuando el sol ya se iba por detrás del castillo, al forense lo descubrió el mismo socorrista que le estuvo llamando con el megáfono en la playa y que ahora bailaba a su lado la canción *Corazón de melón, de melón, melón, melón, corazón* y sin dejar de bailar, el joven socorrista se acercó al oído del forense y le dijo:

—Dos cadáveres le esperan a usted en el frigorífico. Le hemos estado buscando todo el día.

—¿Ha habido algún crimen? ¿Tiene eso algo que ver con la muerte del constructor? —preguntó el forense bailando el foxtrot.

—Son dos ahogados. Dicen que uno de ellos ha vuelto a tierra después de diez años de haber naufragado.

—Como Ulises —exclamó el forense.

—¿Cómo ha sabido el nombre?

—He leído la *Odisea,* joven. No crea que soy analfabeto.

Los cadáveres de Ulises y de Martina habían pasado la noche de bodas en la nevera del depósito en el hospital y estaban preparados para emprender un eterno viaje de luna de miel en cuanto el forense les hiciera la autopsia. El hospital era muy alegre. Todas las habitaciones y los quirófanos tenían vistas al mar. Enfermeras muy lozanas iban cantando por los pasillos, los celadores también silbaban tonadillas de moda mientras tiraban de las camillas y los cirujanos se llamaban a gritos para concertar paellas entre ellos para el fin de semana. La sala de disección se abría con un gran ventanal a un panorama azul con toda la bahía. Los días en que soplaba el mistral, que es un viento claro, desde allí se divisaba Ibiza como una nítida silueta mineral; a levante salía el vástago del cabo con el acantilado lleno de erosiones y grutas marinas; por el norte aparecía la fortaleza romana de Sagunto detrás de las brumas que exhalaba la Malvarrosa cerrando este seno del Mediterráneo.

A primera hora de la mañana, mientras realizaba la autopsia a la pareja de ahogados, el forense tenía ante sí esta espléndida visión. Por lo demás el trabajo no carecía de rutina, pero eran tan hermosos y elegantes los cadáveres que Fabián se propuso hacerles el menor daño posible. Se limitó a buscarles las entrañas bajo el esmoquin y las sedas de Chanel y cuando levantaba los ojos veía salir por la bocana del puerto el barco que iba a la isla cargado de jóvenes con mochilas que eran como guerreros dispuestos a ganar una gran batalla. También veía pasar los veleros de alguna regata y las barcas de pesca que estaban faenando. Por el contrario, si bajaba la mirada sólo podía hallar unas vísceras sin demasiado misterio.

El análisis del cuerpo de Ulises demostró que su estómago y sus pulmones estaban llenos de agua de mar. No presentaba ningún síntoma que no fuera el de un náufrago ordinario. Lo mismo sucedía con el cadáver de Martina. Todo estaba en regla. No obstante el forense debía realizar todavía algunos cultivos y mientras con el bisturí se abría paso en el interior de ambas carnes para extraer algunas muestras comentó que ya estaban pasando los atunes y que había que prepararse para salir de pesca dentro de unos días.

—¿Quién será este individuo, Ulises Adsuara o un turista de Corfú? —le preguntó el ayudante al forense.

—No sé. Voy a tomarle las huellas dactilares y se las daré al juez. ¿Sabes?, a mí lo que más me gusta es pescar al curricán con cucharilla. No tienes que cambiar de cebo.

—Ahora están pasando sólo los alevines. Debería estar prohibido pescarlos. Mira esto, Fabián —exclamó el ayudante.

—¿Qué es eso?

—Ha aparecido un pequeño boquerón en el estómago de Ulises o de quien quiera que sea este caballero.

—Qué curioso. ¿Ves? —dijo el forense Fabián—. Debería estar prohibido pescar boquerones, eso sí. Pero los atunes son peces que engordan por momentos porque no pueden parar de comer y de navegar y nunca duermen. Hace un tiempo en la almadraba de esta cofradía se anilló uno de esos alevines con una chapa en la que se hizo constar la fecha, el peso y el tamaño de la pieza, unos diez centímetros de largo y doscientos gramos de peso aproximadamente. Al cabo de cuatro años ese atún fue capturado cerca de la isla de Sumatra y pesaba casi cuatrocientos kilos. Oye, corta por aquí. Vamos a sacarle un trozo de intestino a este señor tan elegante, pero cuida de no estropearle el esmoquin porque parece que esta tarde se va a casar. Ahora hay que tomarle las huellas dactilares a esta pareja de argonautas. Después haremos la ficha y asunto terminado. ¿Te vienes el sábado a pescar?

... unos quince años antes
el profesor Ulises Adsuara había llegado
a Circea, pequeña ciudad de la costa,
donde aprendió a saborear unos erizos
cuyo perfume sustituyó a toda
la sabiduría de los clásicos...

Recién aprobada la cátedra de literatura llegó a Circea, pequeña ciudad de la costa, con veintisiete años, solo, con una úlcera de duodeno y una maleta llena de libros. Tenía todos sus estudios a flor de piel y ninguna experiencia de la vida. El Instituto de segunda enseñanza, donde el joven profesor iba a impartir su asignatura, estaba situado muy cerca del mar y cuando lo visitó por primera vez, antes de que comenzara el curso, Ulises Adsuara tuvo una sensación muy agradable al comprobar que desde la tarima de su aula, a través del ventanal, mientras explicara a sus alumnos los clásicos griegos y latinos podría ver toda la raya del Mediterráneo dividida por la escollera del puerto. Indudablemente sería un privilegio hablar de Homero y de Virgilio sin dejar de contemplar su cuna de agua meciéndose a sus pies.

Llegó de tierra adentro sin haber perdido todavía la palidez del opositor y con lentes de cuatro dioptrías, lo que le daba un aire de joven erudito ajeno al placer de los sentidos, puesto que tampoco bebía ni fumaba y aún era virgen, pero apenas se hubo instalado en esta población marinera Ulises se aficionó a recorrer los cafetines del puerto donde los viejos pescadores se entregaban a la bebida y jugaban a las cartas con naipes gastados. En medio del vapor de alcohol este joven flaco y desgarbado sólo pedía leche o agua mineral sentado en un taburete de la barra que elegía como lugar de observación. A veces se le acercaba algún marinero borracho a contarle cualquier naufragio o travesía y al escuchar estos lances ciertos o imaginarios el joven profesor experimentaba un gran placer intelectual. Pensaba que así serían las historias de navegaciones que oiría Homero en los tugurios de Micenas pero en este caso no se trataba de la guerra de Troya ni de la expedición de los argonautas en busca del Vellocino de Oro sino de una simple salida a pescar sardinas que había terminado de mala manera.

Pronto se hizo cliente asiduo de la taberna El Tiburón, decorada con arpones de pescar marrajos, con ánforas y anclas antiguas, una colección que el viejo Basilio había sacado del mar cuando iba enrolado de cocinero en la barca *Virgen del Carmen,* propiedad del patrón Alberto Sierra. En esta cantina del puerto el joven Ulises, profesor del Instituto, comenzó a ser una cara conocida y al poco tiempo era saludado por todo el mundo. Le llamaban de sobrenombre Cazalla, precisamente porque no bebía más que leche fría o agua de Vichy con una de calamares, algo que era motivo de sorna entre aquellos seres empapados en alcohol, marineros en activo o jubilados y otros restos humanos que el mar deja en los puertos, pero Ulises soportaba las bromas de buen grado a cambio de que le contaran historias de barcos y singladuras que él convertía en su bebida más fuerte hasta el punto que muchas veces lo embriagaban por completo.

Un marinero paticorto y ancho, con pecho de barril, llamado Quisquilla, que solía caer por la taberna, fue el primero en contarle a Ulises un relato de mar sentado frente a él en un taburete de la barra, mientras uno tomaba agua con gas y el otro se hacía invitar a tantas copas de orujo como exigiera la narración.

—¿Sabes? Cuando yo era un niño navegábamos todavía con velas cangrejas y así íbamos a faenar hasta el banco del Sahara. En mi primera salida pasé tres meses en la mar enrolado de grumete. Cuando ya regresábamos a casa y estábamos a cien millas de la costa más cercana, una noche en que me tocó la guardia, de pronto vi que la mar comenzó a hervir con una espuma muy blanca a la luz de la luna como cuando las olas dan contra unos escollos. Nunca había visto nada igual. Di un alarido enorme para despertar al patrón y a los marineros. «¡¡Que vamos a embarrancar, que vamos a embarrancar!!», grité con todas mis fuerzas.

Como siempre también ahora el viejo volvió a gritar. Este mismo grito ya había sonado muchas veces en la taberna El Tiburón. Los clientes que bebían y jugaban al tute con naipes húmedos de anís habían oído en otras ocasiones que lo lanzaba con el mismo efecto sobre el rostro de cualquier recién llegado. Los más asiduos sabían que Quisquilla ahora se pondría a llorar. Así fue. Como Ulises había demostrado ser un oyente muy devoto, el viejo marinero tampoco ahorró esta vez ninguna lágrima. Reclinó la cabeza en el hombro del joven profesor y exclamó sollozando:

—Yo le causé la muerte al patrón.

—¿Murió por eso? —preguntó Ulises sobrecogido.

—Aquello que se veía hervir en la oscuridad como la espuma de la leche cuando se sale del cazo no eran escollos. Sólo era un banco de sardinas a flor de agua, pero el patrón tenía el corazón muy castigado, se ve que lo pilló a contragolpe y no pudo resistir la visión. No murió de miedo. Murió de la emoción, yo creo.

—¿Era viejo?

—Unos cincuenta años tendría. Creo que le dio la angina seca por la impresión de aquel resplandor. ¿Usted a qué se dedica?

—Soy profesor —dijo Ulises.

—¿Y qué enseña?

—Enseño literatura griega y latina.

—Eso no es nada. Tendría que ver alguna noche lo que es un gran banco de sardinas o de caballas iluminado por la luna llena en medio del Atlántico. Es como si de pronto se hiciera de día. El resplandor te hiere los ojos y a veces llega a las estrellas.

—¿No exagera usted?

—No exagero nada, joven, porque ese resplandor fue el que mató al patrón. Me oyó gritar y al salir del camarote quedó deslumbrado, no le dio tiempo a taparse los ojos con las manos y cayó a plomo sobre cubierta, como si le hubiera matado la luz —dijo el marinero soltando otro gemido.

—Veo que está usted llorando —exclamó Ulises.

—Martina, hija, ponme otra copa —le pidió el viejo marinero a la chica que estaba detrás de la barra.

—La última, Quisquilla, ya no hay más —respondió la chica muy firme bajando la botella de orujo.

—¿Llora todavía desde entonces?

—Compréndalo, joven. El patrón era como mi padre. Y no lloro por eso. Aquélla era mi primera salida al mar. Ha pasado mucho tiempo. Lloro por el jodido reuma y por la

puta vejez que llevo encima —exclamó Quisquilla después de echarse la copa de golpe al
gaznate mientras ya se iba del bar con un ancho balanceo de piernas.

La taberna tenía un patio trasero con
una mesa larga de mármol bajo un emparrado
donde se servían comidas. También había allí
un limonero, una pared con buganvillas y unas
cuerdas de tender ropa, además de un perro y
un gato que deambulaban entre las piernas de
los clientes. Como corresponde a un solitario
forastero que llega a un lugar desconocido Ulises Adsuara desarrolló muy pronto una queren-
cia por determinados puntos en esta pequeña
ciudad de la costa y a ellos había acomodado
una rutina diaria. Vivía en un estudio alquilado del barrio de pescadores que usaba sólo para estudiar y dormir. Después de las clases en el
Instituto le gustaba sentarse frente al puerto a
leer, a mirar simplemente el trajín de los transbordadores. También solía caminar a la deriva
por los muelles contemplando popas de distintas embarcaciones atracadas y cada una de ellas
le hacía soñar de forma distinta, pero a la hora
de comer raro era el día en que no llegara con un
libro en la mano, normalmente uno de aquellos
textos clásicos, hasta el patio trasero de El Tiburón y, sentado bajo la parra de moscatel, con el
libro abierto sobre el mármol de la mesa, no siguiera leyendo mientras esperaba a que le sirvie-

ran un plato casero, porque él comía lo mismo que los dueños de la cantina, un sustento siempre natural, muy propio de una cocinera a la antigua, la señora Roseta, una madre gordita y saludable que sabía sacarle la buena sustancia a cualquier materia, ya fuera una simple verdura o una humilde morralla.

Al cabo de pocos meses, pese a su timidez todavía muy arraigada, Ulises tuvo ya suficiente confianza con aquella familia como para entrar en la cocina, situada detrás de la barra, y levantar la tapa de la cacerola donde se estaba cociendo cualquier guiso. La señora Roseta le explicaba lo que iban a comer ese día. En la olla hervía un espinazo, un hueso de jamón, el tocino y los garbanzos. Después le añadiría las patatas y media morcilla de sangre. En fuego aparte se estaba cociendo la col mientras su hija Martina hacía un picadillo de tomate con cebolla, sal, aceite y una guindilla roja.

Un día en que a Ulises, junto al puchero de la cocina, también le ardía en el pecho un extraño fuego, después de tragar saliva le dijo unas palabras a Martina que, si bien parecían anodinas, para el joven catedrático suponían toda una declaración de amor. Los latidos de su corazón todavía hecho a la antigua usanza le llegaban hasta las costillas.

—¿Te gusta guisar? —le preguntó Ulises a la chica.

—Creo que ésta no va a sacar mano para la cocina —contestó la madre.

—¿Sabes hacer algún plato? —insistió el joven profesor.

—A ésta sólo le salen bien las patatas fritas. Les da un punto que no es fácil, para que veas.

—Las patatas son algo muy vulgar. Una chica tan bonita tendría que hacer una bechamel y un cabello de ángel.

—No creas. Martina les da una forma especial a las patatas. ¿Qué pasa, que te gusta mi hija? —dijo con orgullo la señora Roseta.

—Bueno, dejadme ya. No voy a ser criada de nadie. Yo quiero ser artista —exclamó la chica con una violencia que unió a su carcajada.

—Desde que conoció a Yul Brynner no hay nadie que la saque de eso —comentó su padre, el señor Basilio.

Martina tenía entonces dieciocho años. Pese a que se había criado desde niña detrás de la barra de una taberna de marineros, escuchando blasfemias y soportando miradas turbias a medida que se le iban formando las curvas del cuerpo, no por eso había perdido la dulzura y cierta ingenuidad, aunque a veces saltaba como una loba. Las tempestades que establecía el alcohol en la taberna no eran distintas de las que levantaban en el mar los temporales de levante. Martina en plena adolescencia ya había presenciado innumerables peleas e incluso un par de cuchilladas mortales y eso le había dado una gran fortaleza que no emanaba de sus ojos tan dulces sino de un punto de acero que tenía detrás de la mirada. Incluso los marineros más desabridos sabían que no había que dañarla porque podía soltar la fiera que llevaba dentro. No obstante, a veces Martina se turbaba por nada y enrojecía hasta las orejas cuando eran cosas del corazón y esta misma turbación experimentó Ulises desde el primer día sólo de ver a Martina detrás de la barra o sirviendo las mesas en el patio. Los amores más convulsos suelen llevarse dentro mucho tiempo, como las tormentas en los mares calientes, antes de manifestarse.

Uno de los juegos secretos de Ulises consistía en imaginarla desnuda. La ropa interior de Martina solía estar colgada en las cuerdas del tendedero determinados días de la semana mientras él comía bajo la parra en compañía del gato y del perro y con un libro abierto junto al plato. Entonces Ulises cerraba los ojos e imaginaba que el cuerpo de la chica se había escapado de esas prendas íntimas y andaba desnudo en medio del humo de la taberna entre los marineros. Era una de sus fantasías.

Un día Ulises estaba comiendo pisto de primero mientras leía un fragmento de la *Enei-*

da y las bragas de Martina goteaban. Esta vez eran las bragas negras. Un hilo de agua se deslizaba por el calado y antes de caer en el suelo una gota quedaba detenida en esa parte de la prenda que mañana estaría en contacto con la materia de sus sueños. El sabor del pisto de calabaza, las bragas empapadas de Martina, el brillo del sol sobre ellas y la lectura de la *Eneida* creaban una sola sensación en el cerebro del profesor de literatura clásica.

Pero la reina, de largo tiempo herida de amor, fomenta la llaga de sus venas y es presa de oculto fuego... Se está abrasando la infeliz Dido y fuera de sí no sosiega en toda la ciudad, como una cierva vulnerada de lejos por un pastor que la persigue lanzando dardos por los bosques de Creta.

—De segundo hay huevos revueltos con bechamel —dijo Martina de pie junto a la mesa mientras le retiraba el primer plato.

—¿Bechamel? ¿La has hecho tú? —se atrevió a balbucir Ulises levantando con timidez los ojos del libro de Virgilio.

—Sí —contestó ella.

—¿La harás algún día sólo para mí? —soltó de pronto Ulises una carcajada después de tragar saliva.

—Eres un idiota si dices eso en serio —saltó Martina.

Pero la chica había sentido en el vientre un tirón hacia arriba, uno de esos tirabuzones que el amor crea en las entrañas, al comprobar que aquel joven se le estaba insinuando y Ulises también se quedó con el corazón acelerado viendo que ella volvía a la cocina moviendo las caderas más de lo acostumbrado aunque llena de rubor. Ulises asimilaba siempre el amor de mujer a un manjar y Martina había comenzado a experimentar la misma sensación que tuvo la primera vez que se enamoró, hacía dos años, cuando allí en el puerto, frente a la taberna, se rodó una película extranjera de mucho éxito, *Donde la tierra termina*, y a esta pequeña ciudad de la costa llegaron algunos artistas de Hollywood.

Una tarde Martina había visto a Yul Brynner vestido de esmoquin en la popa del yate *Son de Mar* tomando unas copas de champán que le servía un mayordomo. Era una imagen de aquel mundo tan fascinante que sólo había contemplado en las revistas. Estaba allí su héroe con el cráneo afeitado que le brillaba al sol, con los ojos de mongol que también sacaban destellos de acero entre sus pómulos tan anchos. Bebía solo en la popa de aquel yate de lujo que la productora había alquilado para que le sirviera de camerino y de hotel exclusivo. Permanecía atracado en la punta del espigón del náutico municipal y aquella tarde después del rodaje Yul Brynner se había vestido de etiqueta sólo para tomar champán mientras contemplaba el crepúsculo. Aquella estampa quedó grabada para siempre en una placa de su memoria: el sol en la muralla del castillo, arriba unos cúmulos ensangrentados, el barco *Son de Mar* en primer plano y en su cubierta de popa un héroe tornasolado junto a un búcaro de flores recién cortadas.

Pero Martina tampoco olvidaría nunca aquella escena de película. Un día Yul Brynner entró en la taberna El Tiburón y le pidió una ginebra. Acababa de abrir. En el local no había nadie excepto el gato. Martina atendía la barra. No cruzaron una sola palabra. El actor le sonrió con unos dientes blanquísimos mientras le indicaba la marca de ginebra que quería señalando una determinada botella en el anaquel. A Martina comenzó a temblarle la mano. Yul Brynner se la tomó suavemente para que, al llenar la copa, no se derramara el licor y la chica sintió que la mano de aquel héroe de película era fuerte y cálida. Él se la retuvo unos segundos muy largos mientras le sonreía y Martina sintió tal conmoción interior que una vez finalizada esta escena ya nunca supo si había sido real porque la adolescente cayó postrada en cama con cuarenta de fiebre y así permaneció una semana oyendo desde la habitación el ajetreo del rodaje bajo su ventana en la explanada del puerto.

Martina no sabía si aquello que sentía se debía a las convulsiones de la fiebre o era eso que los demás llamaban amor. Tenía pesadillas. Su cuerpo adolescente estaba empapado de sudor y en medio del sopor de los sueños cada vez que el ayudante de dirección daba la voz de ¡¡acción!! con el megáfono, imaginaba una escena entre ella y Yul Brynner. Él la llamaba desde la popa del yate *Son de Mar*. Le hacía señas con la mano para que subiera a bordo porque quería llevarla a una isla tan lejana que aún carecía de nombre donde vivirían solos. En otra secuencia Yul Brynner entraba en la taberna cuando ella estaba sola, saltaba dentro del mostrador, la doblaba por la cintura y le daba un beso apasionado, pero al final de cualquier escena de amor el héroe siempre se la llevaba por el mar hacia un destino desconocido. Durante las noches de insomnio siguió alimentando estas fantasías pero una mañana las voces cesaron fuera y pasada la fiebre Martina se levantó de la cama, se asomó a la ventana y vio que los carromatos de los peliculeros, los focos y los decorados ya no estaban. Los extras vestían otra vez de paisano en las calles de Circea y los artistas famosos habían abandonado ya la explanada del puerto. También había desaparecido la goleta fondeada en la dársena donde se habían rodado muchas secuencias de aquella historia de aventureros y aunque permanecía atracado en la punta del espigón el *Son de Mar* en ese barco ya no vivía ningún héroe. Yul Brynner había partido llevándose el corazón de aquella adolescente que le había servido una ginebra y que ya nunca lo olvidaría.

El rodaje de aquella película había alterado la vida de Circea durante algunas semanas de abril bajo la epidemia del azahar. Dos años después Martina aún conservaba muy vivas aquellas imágenes que alimentaban sus sueños de aventura. Ella sabía que algún día volvería Yul Brynner para llevársela a vivir una maravillosa travesía. Ulises no se parecía en nada a aquel héroe de sus fantasías. Era flaco, pálido, desgarbado y sin duda la vida no le había destinado a la seducción pero él también sabía contar historias y había llegado a la taberna en el momento propicio ya que el corazón de la chica estaba muy descontrolado esa primavera.

El rodaje de aquella película de románticos bucaneros había trastornado a otra gente. Un joven marinero llamado Jorgito, cliente asiduo de El Tiburón, también había vivido una historia de amor. Ahora estaba internado en el manicomio de Valencia y su caso convertido en leyenda se contaba por las cantinas del puerto.

Para celebrar el final de aquellos días de rodaje en el puerto de Circea la productora había preparado una gran fiesta en una discoteca a la que habían sido invitados todos los extras, algunas autoridades y fuerzas vivas de la localidad que habían colaborado. Uno de aquellos extras era el marinero Jorgito, a quien llamaban el Destripador de los Mares debido al nombre de su pequeño bote de pesca que era famoso por los atunes que sacaba. Lo que sucedió aquella noche nadie lo sabe a ciencia cierta pese a que hubo muchos testigos. Habían corrido las copas y todo el mundo andaba medio borracho ya de madrugada por el jardín de la discoteca cuando Jorgito vio que la protagonista de la película, aquella estrella de Hollywood, de belleza esplendorosa, estaba sola en la barra y no paraba de mirarle. Aunque se sentía bebido no era tanto como para no darse cuenta del privilegio que suponía el que Tatum Novack, una de las más famosas artistas del planeta le hubiera seguido con los ojos toda la noche y que ahora se le estuviera insinuando de forma descarada. Jorgito el Destripador se acercó a la esquina de la barra cuando ella le hizo un gesto con la copa. Hablaron sólo un minuto y acto seguido todo el mundo les vio salir juntos hacia el aparcamiento donde estaba el cadillac blanco descapotable de la diva, pero nadie supo hacia qué lugar partieron después

de que las ruedas del coche rechinaran a causa de la furiosa arrancada.

Lo que sucedió aquella madrugada lo
contaba Jorgito en las cantinas del puerto algunos días después y el relato de esta historia
fue creciendo hasta que el joven marinero al-
canzó la locura completa. En la barra de El Tiburón Martina había oído mil veces a Jorgito
narrar esa hazaña a otros marineros y éstos luego
la repetían agrandándola o poniéndola en duda hasta convertirla en una leyenda. Aquello
que Martina sólo había vivido en sueños, Jorgito lo había experimentado en la propia carne. Ella había imaginado que Yul Brynner se
la llevaba en el yate *Son de Mar* hacia una isla
donde crecían unas flores y unos animales desconocidos y allí en una cala de arena muy fina
él le murmuraba al oído palabras muy cálidas
que le aceleraban el corazón y Yul Brynner pese a su apariencia de duro se dejaba besar tier-
namente e incluso le gustaba que ella jugara
con el lóbulo de sus orejas.

Durante el rodaje de la película los marineros de Circea no habían hecho otra cosa que
desear como perros a aquella estrella de Hollywood tan inasequible, pero Jorgito en el taburete de la barra les contaba:

—Nadie va a creer lo que pasó, joder,
pero va la tía y me dice, a doscientos por hora
en el coche, borracha como iba, me dice que la

lleve a bailar. ¿Cómo que te lleve a bailar, tía, si ya estábamos bailando? Quería que la sacara de allí, que la llevara a otra parte. Le dije: tía, a estas horas está todo cerrado. *Drink, drink.* Algún sitio habrá para que tomemos unas copas, me dice ella con media lengua. *Drink, drink.* Entonces le dije que a esas horas sólo había abierto algún bar de carretera, algún bar de putas. Joder con la artista. Yo creía que no entendía bien el idioma, pero al oír esto dio un grito de alegría, soltó las manos del volante y por poco nos vamos a la mierda. *Camon, boy,* vamos, *camon,* me dijo en su idioma. Se empeñó en que la llevara allí. Estaba casi amaneciendo cuando vimos las luces rojas de La Flor de Loto con varios camiones parados en la puerta. Detrás de la barra había unas profesionales, la tía pide una ginebra y luego otra y luego otra y al final me dice que quiere subir a una habitación. El tipo que manda allí dice que no, que las habitaciones sólo las usan las chicas de la casa. Y ahí tienes que ver a la estrella de Hollywood que se pone como una fiera pero de pronto se fija en el tocadiscos que funcionaba con monedas y me pide que le ponga una canción y yo pongo una de flamenco y empieza a bailar en medio del local con unos camioneros haciendo palmas y yo le digo al dueño, oye que ésta es Tatum Novack, la estrella de Hollywood, pero ni él ni las putas ni nadie se lo creían, hasta que el dueño sale a la carretera y al ver el cadillac blanco descapotable me dice: ¿Qué pasa, tío, que ésta te quiere follar? Pues os voy a dar una habitación que tiene bañera y almohadones chinos. Y si queréis, os mando al perro, que también sabe hacerlo.

Lo que sucedió en aquella habitación de lujo pertenece a la mitología de esta comarca, puesto que no había testigos de fiar, excepto algunos camioneros que oyeron los chasquidos en el techo producto de lo que parecía una brutal paliza. En medio de unos golpes profundos la estrella de Hollywood lanzaba unos gritos que llegaban hasta un huerto de naranjos más allá de la carretera general. Por propia experiencia las chicas del local sabían interpretar cuanto sucedía arriba sólo por la calidad del sonido, cosa que no es fácil porque muchas veces en las casas de putas se confunden las voces de placer y las de auxilio. A ésta le gusta que le peguen, lo está pasando de miedo, dictaminaron las profesionales. Un prostíbulo de carretera es un buen sitio para que expandan estas hazañas. Los camioneros las llevan a todos los destinos como una mercancía más y las chicas de alterne rememoran estos eventos en otros garitos del país e incluso del extranjero, adonde son trasladadas cuando les caduca el pasaporte, pero nunca se sabe si las historias son ciertas o se trata de fantasías eróticas para levantar el negocio. Al parecer Jorgito no mentía cuando contaba en la barra de El Tiburón esta hazaña que la adolescente Martina oía mientras servía copas.

—Antes de subir a la habitación la tía se va al coche y saca una bolsa de la guantera y ¿qué creéis que llevaba en la bolsa? Llevaba un látigo de lujo con puño de plata y cintas de felpa. De la bolsa también sacó una navaja, además de ungüentos y otros instrumentos raros que no usó. Primero me pidió que le pegara. ¿Cómo le iba a pegar yo a una estrella de Hollywood, a la artista más famosa del mundo de piel tan fina? Le di como media hostia sólo por probar. Más fuerte, idiota, gritó ella. ¿Así? Más. ¿Así? Más. Hasta que aquí dentro de mí se me fue despertando un animal que nunca creí que lo tenía y comencé a darle de hostias, a azotarla, a pegarle patadas mientras ella se desnudaba a gritos, oye, y el resultado era cojonudo, entonces se echa en la cama y abre la navaja y me dice que la folle pinchándole el cuello como si la violara.

—Eso no es posible —comentó un marinero embelesado.

—¿Por qué no va a ser posible? ¿Qué sabrás tú de la vida? —exclamó Jorgito.

—Digo que no es posible porque yo he visto a esa artista en el rodaje y parecía educada en un buen sitio. No puede ser que una mujer así haga esas cosas que dices.

—Las finas son las más putas —dijo un pescador alcoholizado mirando turbiamente el culo adolescente de Martina que estaba de espaldas manipulando la cafetera.

Cuando dos años después de los hechos esta leyenda llegó a oídos de Ulises en la cantina El Tiburón puede que algunos datos estuvieran ya desfigurados. Se decía que aquella noche Jorgito recibió una paliza por parte del novio de la estrella que los siguió hasta el bar de putas. Otros daban por supuesto que esta aventura se debía, no a que Tatum Novack se hubiera enamorado de Jorgito, aunque reconocían que tenía pinta de galán, sino que ella sólo quería darle celos a su novio que se había liado con la ayudante de la sastra de la película. Al final todos coincidían en que aquella madrugada, después de follar, Tatum Novack desapareció en su cadillac descapotable, dejó tirado a Jorgito en La Flor de Loto y que el dueño no le dejó salir hasta que pagara la cuenta, en la que entraba, además de una botella de ginebra, el arreglo de la cama, de una mesilla y de la lámpara que habían quedado destrozadas. Ahora Jorgito el Destripador estaba en un manicomio de la capital. Se le había manifestado un grado de locura derivado de la sífilis que había contraído durante el servicio militar o tal vez de aquella vez que se empató con una puta en el puerto de Agadir cuando iba enrolado en un barco italiano, pero se trataba de una locura muy pacífica cuyo síndrome consistía en que le daba por reír a carcajadas sin poder parar nunca. Cuando le dejaban salir del sanatorio Jorgito solía ir por El Tiburón y allí seguía contando su historia cada vez más alejada de la realidad hasta creer que Tatum Novak caminaba sobre el mar los días de tormenta.

Era el tiempo de las calmas de enero cuando el anticiclón deja el aire como un humo suspendido y los gatos duermen entre las redes de la explanada del puerto y la profunda limpieza del silencio trae el sonido de las barcas que faenan a varias millas de la costa. En el muelle de pescadores había puestos de erizos recién sacados de los bajos de aguas claras que emergen cerca del acantilado. Ulises acababa de dar una clase de literatura en la que había explicado a los alumnos el sentido del famoso verso *Carpe diem* de Horacio, cosa que no interesó en absoluto a ninguno de aquellos treinta búfalos llenos de acné. Después se acercó a la tienda del concesionario a ver si había llegado el Vespino que había comprado. Con esa moto podría moverse por las calles de Circea y hacer alguna excursión por la costa y los valles de alrededor. Dada su natural torpeza para todo lo que no fuera leer libros de mitología consideraba que las hazañas de los dioses no eran nada comparadas con el hecho de que él pudiera manejar un ciclomotor.

Para celebrar la llegada de esta máquina a su vida Ulises se permitió homenajearse con una docena de erizos que consumió sentado en un noray del muelle viendo cómo zarpaba el barco de Ibiza. Un pescador ya le había enseñado que de los erizos sólo se comen las hembras cuya carne rosada es más densa y su perfume mucho más salobre que el de los machos. Dejó la cartera en el suelo y con ella esos versos subrayados de Horacio en que recomienda agarrarse a los placeres fugaces y exaltarse a sí mismo convirtiendo en eterno ese instante del tiempo que huye. ¿Cómo iban a entender eso los alumnos si a su edad todos los jóvenes se sienten inmortales? Pero Ulises estaba dispuesto a convertirse también en inmortal saboreando una docena de hembras de erizo y lo hizo abriéndolas una a una con la punta de la navaja y sorbiéndolas con los ojos cerrados mientras sentía que la dulzura del sol de enero le estallaba en el cristal de las gafas y le quemaba los párpados.

Este hecho anodino para Ulises fue una revelación. El placer también es una patria. Era la primera vez que Ulises entraba en su territorio desde que llegó a la costa y el acto de comer los primeros erizos de la temporada con sabor a algas frías que emergen en los bajos del acantilado lo consideró como un sacramento pagano. A partir de ese momento Ulises comenzó a explorar ese espacio interior para ver si estos pequeños placeres tenían una salida espiritual. Fue su primera lección aprendida fuera de los libros. El Mediterráneo en enero con luna menguante tiene una bajamar muy estática, casi dormida bajo la calima dorada y marca el nivel ínfimo del año en la dársena y en las carenas de las embarcaciones. Ulises se extasió viendo cómo a su lado un marinero sentado en la tapa de regala de una barca de pesca abría un tomate sobre una rebanada de pan y extendía en ella unas anchoas. En ese momento sonó la sirena del transbordador. El marinero preparaba aquel sencillo bocado con una lenta y minuciosa ceremonia de sus manos llenas de nudos, como si esa anchoa y ese tomate fueran lo más importante que existía en el universo. Ulises sintió que aquella lentitud compaginada con la perfección de la luz del mediodía era la medida de todas las cosas. Lo sintió por primera vez desde que había llegado.

Con el sabor de erizos en el paladar Ulises se acercó a la cantina El Tiburón y esta vez el sol a través de la parra desnuda daba de lleno en el mármol de la mesa donde el joven profesor dejó las *Odas* de Horacio en una edición en piel ya muy gastada por el uso. El perro estaba durmiendo a la sombra del limonero en el patio y encima del perro tumbado dormía el gato y ambos respiraban acompasados marcando un tiempo que parecía haberse detenido para siempre. De las cuerdas del tendedero colgaban esta vez unas bragas blancas de algodón, varias camisas de felpa y unas toallas.

Mientras esperaba a que Martina saliera de la cocina para atenderle, Ulises abrió el libro y volvió a leer aquella oda lentamente como si la masticara.

Saber no quieras, que el saberlo está vedado, el fin que a mí y a ti, Leucónoe, tienen predestinado los dioses, ni interrogues los números babilonios. ¡Cuánto mejor será que nos resignemos a cualquiera suerte! Ora sean muchos los inviernos que te reserva Júpiter, ora el postrero sea este que ahora quebranta el oleaje tirreno contra la opuesta orilla; manténte serena, filtra tus vinos y a la corta vida ajusta una esperanza larga. Mientras hablamos, huye el envidioso tiempo. Agarra el día de hoy; no seas demasiado crédula en el día de mañana.

Aun con el libro abierto Ulises recitaba estos versos con los ojos cerrados, por eso no se dio cuenta de que Martina estaba descolgando del tendedero las toallas y las camisas de su padre, pero había dejado sus bragas de algodón en la cuerda como una bandera o señuelo.

Con el cúmulo de ropa seca en los brazos la chica le dijo:

—Hoy tenemos para comer arroz con rape.

—¿Sabes quién era Leucónoe? —le preguntó el joven profesor con una pedantería risueña.

—¿Es una clase de pescado? —exclamó ella.

—Leucónoe es el nombre supuesto de una mujer misteriosa, amiga de Horacio, que creía demasiado en los astros, a quien el poeta le dedica esta oda que dice: *Agarra el día de hoy; no seas demasiado crédula en el día de mañana.* ¿Quieres que te la lea?

—La cazuela está al fuego. Si quieres ayudarme, trae unos limones y léeme eso mientras corto el rape.

Ulises se acercó al limonero del patio, arrancó varios limones y se fue con ellos a la cocina donde la madre de Martina estaba preparando el plato del día. Ya le había quitado la cabeza, la piel y la espina al pescado, le había puesto sal y lo había pasado por harina. Martina lo estaba cortando en filetes finos que rociaría después con limón para dejarlos reservados. La madre pelaba y troceaba una cebolla, pelaba y troceaba un tomate mientras ya se calentaba el aceite en la cazuela y en ese aceite iba a hacer un sofrito con la cebolla, el tomate y una cucharadita de pimentón. Cuando ya había vertido en la cazuela dos litros de agua y le había añadido la espina y la piel del rape y unas hojas de puerro y de laurel y unos tallos de perejil y había comenzado a cocerse el caldo durante treinta minutos, el señor Basilio allí mismo en la cocina, de forma brutal, le soltó de pronto estas palabras a Ulises:

—Veo que te gusta nuestra hija. Eso es cosa tuya, yo no me meto. Pero quiero que sepas que si le haces algún daño, te mataré. Esta niña es lo único que tenemos.

—¡Cómo puedes hablar así a un profesor, animal! —exclamó la señora Roseta.

—Señor Basilio... —se atrevió a murmurar Ulises totalmente confuso.

—Mira qué joya, muchacho —dijo el padre con un tono abrupto dándole una palmada en el trasero a su hija—. Te he oído hablar y sé que puedes encandilar a cualquier mujer y a ésta la primera, que no hace más que soñar con cosas raras. Ojo con lo que haces. Te estamos tratando como a un hijo. Tienes que saber que yo fui sargento en la guerra.

—Ulises, no le hagas caso. Este hombre es así, a veces se comporta como un bestia —dijo la madre mientras probaba el punto de sal.

Martina había enrojecido hasta el fondo de los ojos y su silencio era tan difícil de interpretar como el que se produjo de pronto en los demás allí en la cocina, un silencio que cortó el caldo cuando se puso a hervir.

—Hay que echar el arroz —dijo la señora Roseta—. Hace un día muy bueno. Podemos comer en el patio. ¿Hay algún cliente?

—No ha venido nadie.

—Mejor.

En enero el patio trasero de la cantina El Tiburón solía estar siempre vacío. No había turistas extranjeros ni gente de paso. Los marineros de Circea se limitaban a consumir bebidas y tapas en la barra y sólo Ulises era un cliente fijo, tal vez enamorado, no se sabe si de los pucheros de la casa o de aquella chica que los servía. Ese día comían los cuatro en familia un arroz con filetes de rape y tomates al horno. Y aunque a veces Basilio se levantaba blasfemando a atender a algún cliente en el bar la comida no podía ser más apacible junto al limonero y con el gato y el perro dormidos al sol uno encima de otro. Basilio era muy sanguíneo. Él mismo presumía de mal carácter pero hasta ese momento de su vida, a punto de cumplir setenta años, aún no lo había probado con nadie más allá de algunas reyertas de menor cuantía sin que mediara ningún navajazo. Y tiros tampoco había disparado en la guerra civil porque él era de Intendencia aunque aprovechaba el más mínimo resquicio para hacerse el bravo contando que en la guerra había sido sargento al mando de un pelotón. Por eso en cuanto Ulises dijo que acababa de comprar un ciclomotor Basilio entró de nuevo en acción.

Basilio le dijo a Ulises que no dejara de ir en la moto al valle de la Alcudiana. De ese valle Basilio conocía todas las cuevas y senderos ya que durante la guerra había pasado allí varios meses apostado. Mientras comía el arroz con rape y los tomates al horno Ulises contemplaba las bragas de Martina colgadas del tendedero y al mismo tiempo trataba de escuchar las batallas que contaba su padre.

En Circea hubo un anarquista que se fabricó un gallinero con el retablo de la parroquia. Apenas iniciada la guerra fueron quemados todos los santos de la iglesia con una gran fogata en medio de la plaza pero el anarquista rescató de las llamas los frontones, cornucopias y columnas del altar mayor, se lo llevó todo a casa y con esos materiales montó un tinglado en el tejado donde puso a criar conejos y gallinas. Los frontones, cornucopias y columnas corintias estaban cubiertos con pan de oro. Cuando les daba el sol brillaban con mucha más potencia que el faro del acantilado y con más visión que el castillo. El acorazado *Cervera* se paseaba como un pavo por estas aguas y aprovechaba el fulgor que despedía el gallinero para corregir el tiro de sus cañones. Antes de que este altar lleno de conejos y gallinas le sirviera de referencia al acorazado en Circea cayeron dos proyectiles, el primero fue a dar de lleno en el cementerio sacando de nuevo a relucir muchos huesos que ya estaban muertos y el segundo pulverizó una caseta de campo en medio de una pequeña viña de moscatel donde el padre de Basilio estaba escaldando la uva.

—A resultas de la explosión toda la pasa puesta a secar en los cañizos del cobertizo saltó por los aires junto con una pierna de mi padre que fue a caer en la viña del vecino. Mi padre murió desangrado. Bajé del valle de la Alcudiana cuando me notificaron lo que había sucedido. Recuerdo que la sangre se había mezclado con el zumo de moscatel pegado en las paredes. A partir del día en que el anarquista montó aquel gallinero de oro el acorazado *Cervera* tiró con más acierto y los proyectiles caían donde tenían que caer. Si lo hubiera montado antes mi padre no habría muerto.

—El caos siempre acaba por arreglarse —dijo Ulises por decir algo—. Por lo visto, así es el Mediterráneo.

—El valle de la Alcudiana es muy bonito sobre todo en primavera si florecen bien los cerezos. Con los almendros que florecerán dentro de poco también es bonito. No sé si estará todavía aquel aljibe —añadió el padre de Martina.

Ulises comenzaba a darse cuenta de los pequeños placeres que iba aprendiendo. Desde que llegó a este lugar de la costa las nuevas sensaciones que vivía, las historias que le contaban y no los libros que leía le estaban armando por dentro sin que hiciera esfuerzo alguno. La ascética aquí no reportaba ningún sacrificio. Consistía sólo en una escalada hacia lo más alto de los sentidos y a ello le ayudaba en ese momento el sabor del arroz con rape que degustaba al sol de enero junto a un limonero cargado y a una chica que lo miraba furtivamente por encima del plato mientras el dueño de la cantina hablaba.

—Si algún día te da por ir al valle de la Alcudiana te diré dónde estaba ese aljibe dentro de una gruta. Yo mandaba un pelotón de Intendencia durante la guerra y estuvimos apostados ahí arriba varios meses. Para cocinar el rancho de la tropa nos servíamos del agua de ese aljibe, que era de lluvia de invierno, muy fresca, un poco amarga, pero a medida que pasaba el tiempo este sabor se fue perdiendo hasta hacerse muy dulce y con ese agua guisamos infinidad de calderos de patatas. El nivel del aljibe comenzó a menguar hacia mitad del verano y fue cuando vino un soldado a decirme que en el fondo del agua brillaban dos puntos muy oscuros. Fuimos sacando más cubos para el rancho sin preocuparnos de nada. Al final adivinamos que eso que brillaba en el fondo del agua eran unos ojos. Nosotros seguimos cocinando a las órdenes del capitán. Aquellos ojos eran demasiado grandes para ser de un hombre, me decía yo. Cuando el agua bajó un poco más de nivel comenzó a concretarse un volumen muy oscuro: era la cabeza de un caballo. Salió degollada. El resto del cuerpo quedó abajo. ¿Quién metería un caballo en aquella gruta en la que apenas puede entrar una zorra? Si algún día subes al valle te diré dónde estaba ese aljibe. Si todavía existe y lo encuentras, me lo dices. Al final sacamos el cuerpo del caballo a flor de agua, y la tropa siguió bebiendo. No recuerdo que muriera ningún soldado. Si subes al valle dentro de un mes estará todo florido, ya verás.

De esa comida tan sustanciosa, además del inolvidable sabor del rape, Ulises consiguió un plano trazado en un papel y tan pronto tomó confianza con el Vespino, después de recorrer todas las playas de esta costa, que en esa época del año estaban deshabitadas, el joven profesor subió al valle de la Alcudiana pero no encontró el aljibe, pese al camino que le había marcado el padre de Martina. En aquel tiempo este itinerario no era turístico todavía. Estaba reservado a los habitantes de los pueblos colgados allá arriba en las breñas, a unos pocos excursionistas iniciados en el silencio y a algunos enfermos aquejados del mal sagrado. Desde Circea el trayecto se extendía primero por unas laderas con bancales de naranjos que rodeaban a unos pueblos blancos de cal y entre los naranjos se veía el mar antes de que la carretera se adentrara entre dos montañas divididas por el cauce de un arroyo agotado. Había olivos, limoneros, almendros, cerezos y cipreses. Las grietas del muro de piedra seca que servía de talud al camino contenían toda clase de plantas silvestres y flores que Ulises no había visto nunca cuyos nombres también ignoraba. La ascensión se iba haciendo cada vez más hermética y en el silencio del valle el motor del Vespino sonaba con tres ecos entre aquellas montañas azules. Ulises consultó el plano de Basilio a mitad del trayecto y el trazado en el papel le condujo por una pista de tierra que terminaba en una pequeña explanada colgada en el abismo y desde allí se divisaba todo el valle hasta el mar, pero en aquel punto no había ningún aljibe sino un banco de mampostería y unas losas de basalto con rescoldos de un fuego que sirvió para hacer alguna comida campestre a unos excursionistas y también había un lienzo de muro que servía de parapeto a una intrincada floresta, que rezumaba humedad como si contuviera un pequeño manantial en sus entrañas. Ulises se sentó en el borde de aquel abismo y en el filo de las orejas le sonaba la misma brisa que también doblaba ligeramente las briznas de anís. Desde el fondo del valle subía el campanilleo de un rebaño. Era media tarde de un día claro de febrero. Allí arriba Ulises abrió el libro de la *Ilíada* y leyó al azar un fragmento de aquella batalla famosa que a la mañana siguiente explicaría a sus alumnos. Mientras contemplaba la profundidad del valle el joven profesor pensó que esa belleza sustituía a todos los horrores que en este lugar habían sucedido durante la guerra, de la misma forma que la crueldad de los dioses y de los guerreros de la mitología sólo habían servido de pretexto para que Homero pudiera escribir unas páginas aún más inmortales que los crímenes. Ulises imaginó que un día subiría a este valle con Martina. Levantó los ojos del libro y en ese momento vio por primera vez aquella siniestra muralla que se perdía cabalgando varios montes.

... segunda ascensión al valle
en busca de los ojos de un caballo
que luego aparecieron
en el vientre de Martina...

Al llegar la primavera se estableció por toda la costa la peste del azahar. De noche este aroma dulzón se metía por todos los entresijos en las casas, llenaba todas las cocinas, pasillos, alcobas y armarios, se introducía en la intimidad de los cajones y baúles, impregnaba la ropa y las cortinas, quedaba pegado a las paredes y también penetraba en el alma de la gente a través de los siete u ocho orificios que el cuerpo tiene, hasta apoderarse por completo de la voluntad.

Del mismo modo que nadie puede decir que ha vivido en el trópico si no ha soportado al menos un ciclón, Ulises tampoco podía afirmar que se había adaptado a este paraje de la costa si no demostraba que era capaz de sobrevivir a esa epidemia. A partir de marzo los naranjos comienzan a florecer. Al final de la tarde el aire se vuelve azucarado, el aroma de azahar se hace más intenso a medida que avanza la noche y aunque con la nueva luz del día va perdiendo su vigor y finalmente el sol lo mata cada mañana, durante el sueño este veneno se inocula en todos los cerebros, incluso en el de los animales, y nadie puede saber lo que sucede cuando las personas tienen los cinco sentidos dormidos y este virus está en libertad.

Los marineros de los barcos de cabotaje que en primavera atraviesan en la oscuridad esta latitud saben que están navegando las aguas de Circea porque el olor de azahar llega también hasta alta mar. En los bares del puerto se dice que ese aroma llena de amor a los delfines e incluso pone muy tiernos a los tiburones. Algunos marinos mercantes cuentan que han enloquecido mientras pasaban de noche por esta costa en primavera pero que su locura desaparecía a medida que se alejaban, algo que no les sucede a los que viven en tierra que no tienen posibilidad de escapatoria. Ulises Adsuara daba clases en el Instituto bajo el imperio del azahar y era la primera vez que asistía a las consecuencias de esta epidemia.

Sus alumnos eran adolescentes en plena pubertad que el resto del año solían invadir las aulas saltando por encima de bancos y pupitres, pero en esta época estaban aún más excitados y no se trataba de la subida normal de la sangre que se produce en primavera, sino de un estado de ebriedad de miel semejante al de las abejas que los convertía en unos seres frenéticos y a la vez desmadejados en los pupitres. Ulises recordaba su propia adolescencia. Cuando llegaba este tiempo, pese a que él era un chico apocado, la furia de vivir que sentía por dentro también hacía que le salieran forúnculos en el pescuezo y en los genitales con todos sus impulsos inconfesables, pero se trataba de una lucha solitaria e inhóspita contra sí mismo y no un frente común que excitaba a unos sólo con ver el placer de los otros y en el que participaban también los perros, los conejos, los pájaros y todos los insectos.

Una especie de locura colectiva que se extendió como una gripe había dejado las aulas del Instituto casi vacías y los alumnos de Ulises que habían resistido a ese virus no estaban nada interesados en entender la diferencia entre odas, epodos y sátiras en Horacio. Más bien parecían esperar a que entrara de un momento a otro un pulpo gigante por la ventana, que los abrazara y se los llevara al mar. Cuando el profesor preguntó por qué faltaba tanta gente a clase, una niña muy delicada, llena de granos, se levantó del pupitre y con voz angelical le dijo que sus compañeros no venían a clase porque estaban todos bajo los naranjos.

—¿Y crees que eso está bien? —preguntó el profesor Ulises.

—Sí —contestó escuetamente la niña—. Eso es lo que se hace aquí por esta época del año.

—¿Qué se hace?

—Follar —exclamó la niña delicada.

Hacia mitad de abril Ulises Adsuara también fue atacado por ese veneno y durante algunas noches tuvo unos sueños infantiles muy raros. En medio de grandes convulsiones en la oscuridad soñaba que esa melaza subvertía todas las cosas en aquel territorio de Circea: los tenderos no cobraban las mercancías, los albañiles se caían de los andamios, los jueces absolvían a todos los enjuiciados, los sastres no tomaban las medidas de los trajes, los policías dejaban escapar a los delincuentes, en los bancos nadie comprobaba si los cheques tenían fondos, los acreedores perdonaban todas las deudas, ninguna carta llegaba a su destino. Por todas partes reinaba el desorden, nada estaba en su sitio, era como un estado de gracia: él quería contarle historias a Martina en el mostrador de la cantina y ella se mostraba dispuesta a escucharle desnuda en el fondo de una gruta en aquel valle. Eso soñaba Ulises Adsuara.

Hay lugares en el mundo donde cierta clase de viento muy salvaje constituye un atenuante e incluso una eximente para cualquier crimen que se haya cometido mientras estaba soplando. El *meltemi* enloquecía a los griegos clásicos. Ese viento del norte que barre las islas del Egeo es el que ha dejado sus islas bruñidas como huesos y nadie sabe si se debe a su influencia el que los filósofos y poetas tuvieran la mente tan clara.

El olor a miel que se establecía en este paraje de Circea durante la floración de los naranjos actuaba como uno de esos meteoros que generan pasiones horrendas e irresponsables en otras partes del planeta. Bajo su influencia cualquiera podía soñar impunemente. Los sueños de Ulises a veces no se distinguían de la neuralgia que le producía el azahar. En la inconsciencia de las madrugadas de abril las imágenes de Ulises eran recurrentes: consistían en que raptaba a Martina y la mantenía atada en una cueva del valle. Desnuda e inmovilizada la chica no soportaba de él ninguna agresión ni siquiera una caricia. Ulises sólo quería contarle historias de los clásicos y que ella le escuchara. En sueños no cesaba de contarle a Martina la historia de Polifemo, pero un día soñó que fue capturado por la policía y hubo de sentarse en el banquillo acusado de rapto.

—¿Es cierto que tuvo usted retenida a la chica en el interior de una gruta durante mucho tiempo? —le preguntaba el juez que tenía un solo ojo en la frente.

—Sí.

—¿Cuánto tiempo, dígalo usted?

—Un año entero, de primavera a primavera —contestaba Ulises mientras soñaba.

—¿Tiene algo que alegar?

—Aquí hubo una peste.

—¿Qué quiere decir? —preguntaba el gigante de un solo ojo.

—Si los dioses y los héroes ya no existen, señor juez, y sólo existe el azahar, todo está permitido.

Como cada primavera esta peste trajo la irresponsabilidad a esta población de la costa. Todas las páginas del código penal estaban igualmente perfumadas y las mujeres parecían estar también todas dispuestas. Por los caminos entre los naranjos a media tarde se oía el canto de las motocicletas. Las parejas iban al campo a amarse y no era raro oír gemidos humanos por doquier junto con el rumor de agua y el canto de los pájaros que se recogían. Ulises ya tenía un Vespino. Sólo le faltaba el equipaje. En el Vespino había recorrido todas las calas y playas de esa parte de la costa y en su imaginación de erudito todavía las consideraba sólo como los lugares propicios donde habían desembarcado en la antigüedad los héroes y navegantes que había estudiado en los libros clásicos. Al contemplar una ensenada suave se decía: aquí quedarían varadas las barcas de los fenicios. Al descubrir una caverna abrigada imaginaba: aquí guardarían los primeros navegantes griegos sus tesoros. No había relieve topográfico en ese paraje de la costa que Ulises no lo aplicara a los avatares épicos de la antigüedad extraídos de los libros. Dentro del mar de Circea se veía desde el acantilado parte del trazado de la Vía Augusta, la calzada romana.

Por allí pasaron los elefantes de Aníbal. Alrededor de los plintos y estatuas naufragadas se criaban ahora los mejores salmonetes de roca.

Pero en las playas deshabitadas había marcas de otros desembarcos que Ulises no reconocía. Eran esas señales que los amantes dejaban con los codos y las rodillas en la arena después de haberse amado a la caída de la tarde y que el frío de la noche solidificaba. En realidad no había rincón, madriguera, farallón, gruta marina, abrigo o cañaveral en esta parte de la costa que no hubiera soportado el peso de innumerables cuerpos que se habían amado hasta la extenuación y eso había instalado en el aire una densidad de sexo que se hacía respirar. El perfume salobre que dejaba el oleaje bravo al golpear las grutas marinas no borraba del todo cierto rastro de hedor cabrío que el amor adolescente había fijado allí.

Antes de llevarla al valle Ulises invitó a Martina a montar en el Vespino para que ella le mostrara algunos parajes de la costa. Un día el joven profesor, llevado por el impulso de la primavera, después de tragar saliva, le dijo a la chica:

—Martina.

—¿Qué?

—Tú y yo una tarde tendríamos que irnos por ahí en el Vespino.

—¿Por ahí? ¿Dónde es por ahí? —preguntó ella.

—A tomarnos unas cervezas.

—¿Desde cuándo tomas cerveza? ¿Te pasa algo?

—Bueno, también podríamos ir a sentarnos en algún sitio sin tomar nada. Sólo para ver el mar. Me gustaría leerte algo —le dijo Ulises mientras tenía en la mano el vaso de agua mineral.

—Bueno, cualquier día —le contestó ella dándole la espalda detrás del mostrador.

Y un día Martina subió por primera vez en el Vespino de Ulises y ambos se fueron hacia el sur de la ciudad por la carretera que conducía al acantilado. Llegaron al lugar más salvaje y al apagar el motor la naturaleza entera enmudeció con un silencio compacto que hería los oídos. Aquel paraje que Ulises ya había recorrido en completa soledad, de pronto ahora se llenó de la respiración de los dos y también de los latidos de sus pulsos. Y pese a que el oleaje golpeaba las rocas con un fragor hueco el silencio seguía siendo igual de profundo. Se sentaron a la sombra de un olivo, uno junto al otro, sólo para no decirse nada. Luego caminaron por la alta planicie hasta la punta del cabo y se asomaron al acantilado. En el fondo del abismo chillaban las gaviotas y se veían pasar estáticos unos veleros sobre un mar con brillos de zinc y aunque el panorama era muy espectacular ellos siguieron guardando silencio que era lo que más les unía.

Hubo un momento en que la chica quiso bajar por un ligero terraplén y le tendió la mano a Ulises para que la ayudara a saltar entre dos rocas. Fue la primera vez que el joven profesor tuvo un contacto físico con Martina. Después de saltar ella no hizo nada por deshacerse de él y los dos siguieron con las manos entrelazadas caminando hacia un pretil que les mantuvo a salvo del precipicio que se hallaba a sus pies.

Bajo el impulso del azahar Ulises fue avanzando sobre el cuerpo de Martina al mismo tiempo que descubría los lugares más recónditos del paisaje, de forma que la topografía de aquel litoral llegó a estar unida al amor que iba despertando en la chica. Las manos de Martina tan blancas, con el dorso cruzado de venas azules, habían sido tomadas al borde del acantilado como la primera cota, los dos sentados en aquella balaustrada que servía de basamento al faro. En adelante esa parte de la mujer sería ya un terreno conquistado para siempre. Las manos de Martina, aunque estuvieran guisando en la cocina o sirviendo copas en la barra, le recordarían siempre el abismo azul del cabo en cuya pared había nidos de cormoranes y grutas marinas llenas de leyendas.

Con las manos enlazadas Ulises y Martina permanecían callados. Desde aquella altura contemplaban toda la extensión del mar y esa visión tan esplendorosa les impedía manifestar cualquier sentimiento. Ninguna pasión podía compararse con aquella fuerza de la naturaleza. A Ulises le bastaba con poseer la mano de Martina. Recorría con la yema del índice cada una de sus venas, subía por los dedos uno a uno y luego bajaba por las rayas de la palma tratando de adivinar el destino que ellas le marcaban y mientras realizaba esta caricia tan delicada el mar rugía allá abajo. Aquel recorrido de la mano también era el inicio de una larga travesía.

Martina le mostró a Ulises las estacas que soportaban una escalera de hierro o de cuerda a lo largo de un saliente del acantilado hasta el fondo del abismo. Martina había oído contar muchas veces en el bar la historia de unos pescadores caídos del cielo que bajaban por la pared de este precipicio cortado a pico, de doscientos metros de altura, para pescar meros en las grutas submarinas del cabo.

—¿Ves aquella cueva allá abajo, donde acaba de posarse la gaviota?

—Sí —contestó Ulises.

—Hace unos años un temporal sorprendió a tres pescadores que bajaron por este precipicio a pescar meros. El mar comenzó a levantarse. Ellos se refugiaron en esa cueva esperando a que pasara la tempestad pero el mar se puso malo y ya no hubo forma de salir de allí. El

temporal duró varios días. Cada golpe de oleaje inundaba por completo la cueva y los pescadores agarrados a una roca quedaban sumer-
gidos durante uno o dos minutos. Cuando la
resaca se llevaba la ola y la cueva quedaba un
momento vacía aprovechaban para respirar pero
enseguida llegaba otra ola y los volvía a sumergir
por completo.

—¿Cuánto tiempo permanecieron así?

—Tres días.

—¿Sin comer? ¿Sin dormir? —exclamó
Ulises mientras acariciaba la mano de Martina.

—Sin comer, sin dormir, con la cabeza
dentro del agua cada minuto y respirando cuando la ola se iba.

—¿Cómo se salvaron?

—Al segundo día de tempestad a uno
de ellos, al más joven, un golpe de mar lo arrancó de la roca donde estaba agarrado. Una ola lo
sacó de la cueva y murió ahogado ante los ojos
de los otros dos. Su cuerpo se lo tragó un remo-
lino. Poco después el mar se llevó a otro y por
lo visto se estuvo balanceando muerto todo un
día entero ante los ojos del único que todavía resistía, un pescador de sesenta años, que aguantó
todo el temporal respirando cuando veía acercarse la ola para poder estar dos minutos bajo el
agua y así durante tres días y tres noches. Ese
pescador suele venir por la cantina. Se llama Requena pero desde entonces algunos le llaman

Jonás, por no sé qué de una ballena. Algún día lo vas a conocer.

Al pie del acantilado el mar resonaba en todas las cavernas y si pegaban los oídos al suelo por las entrañas de la montaña subían acordes de órgano de una majestad salvaje, pero el fruto de esa formidable batalla de la naturaleza consistía en que en lo alto del cabo, casi colgados en el abismo, un joven profesor había tomado de la mano a una chica.

Algunos días después Ulises y Martina fueron de excursión a la cala de los nudistas que en plena primavera estaba desierta. Para llegar hasta allí dejaron el Vespino en la explanada donde terminaba la carretera de la costa y siguieron luego caminando por senderos abruptos a través de varios barrancos. Durante ese trayecto la pareja se detenía a contemplar diversas flores silvestres que Martina le iba mostrando y que Ulises desconocía. Cuando surgía alguna dificultad en el camino Martina le tendía la mano a Ulises, aquella mano que ya era suya, y además se dejaba asir de las caderas para ayudarse a dar un salto entre zarzales, piteras y aliagas. De un modo inconsciente cada obstáculo del sendero servía para que el pudor de aquellos seres fuera cediendo poco a poco y así Martina, que llevaba la iniciativa en este juego, se buscaba cada vez más dificultades al atravesar el cauce, al bajar una pendiente, al subir la pequeña pared de una trocha sólo para que Ulises pudiera ayudarla y tenerla en brazos aunque fuera sólo un instante, pero cada vez este juego se hacía más provocativo sin dejar de parecer involuntario y de esta forma, después de caminar durante una hora por un pedregal florido de primavera llegaron a la cala de los nudistas los dos completamente excitados y con las pantorrillas arañadas y bien perfumadas por las plantas silvestres.

La cala de los nudistas formaba un abrigo a salvo de cualquier mirada. Era una cala muy cerrada con una pequeña playa de arena en la que quedaban los restos desarbolados de un chiringuito que funcionaba en verano, pero ahora, a final de abril, aunque las tardes comenzaban a ser largas y soleadas, aquel lugar estaba desierto. Ulises y Martina eligieron un asiento natural en una roca que les resguardaba del viento y pasaron un rato en silencio frente al mar abrazando cada uno sus propias rodillas. Después Ulises saltó de la roca, se arrodilló en la playa y con el dedo se puso a escribir en la arena y, mientras él seguía escribiendo, Martina le dijo que había tenido un sueño.

—¿Un sueño? —preguntó Ulises sin levantar la cabeza.

—He soñado contigo.

—¿De veras? ¿Qué has soñado?

—Algo muy confuso, no sabría decirte, algo que sucede dentro de una cueva.

—¿De una cueva? —exclamó Ulises.

—Es un sueño que se me repite muchas veces pero que no sé explicar. Tú estás dentro de esa cueva.

—¿Con Polifemo?

—No me suena ese nombre. ¿Quién es?

—Nadie.

—Oye, ¿qué estás escribiendo?

—No escribo. Te estoy formando un lecho para que duermas.

Arrodillado en la arena Ulises le dijo que estaba escribiendo un fragmento de una oda de Horacio. Y mientras terminaba de escribir lo iba leyendo en voz alta para que lo oyera Martina.

Si una fuerza prematura se lleva en ti una parte de mi alma ¿qué hago yo, que soy la otra, la menos amada, y que no entera sobrevive? Un día mismo traerá a ambos la ruina. No, no será pérfido el juramento hecho. Adondequiera me precedas, los dos iremos, ambos iremos, caminantes dispuestos a hacer juntos el viaje sin retorno.

—¿Te gusta? —preguntó Ulises.

—No lo entiendo —dijo Martina.

—Ven. Quiero que te tumbes aquí.

Aquel pequeño espacio de arena formaba un lecho arado por unos versos insignes y Ulises le pidió a Martina que se echara sobre aquellas palabras de Horacio que él había trazado con el dedo. Un poco excitada por la soledad y llena de rubor Martina accedió recogiéndose la falda. Su cuerpo quedó reclinado sobre un antebrazo de forma que ocupaba todo el fragmento de la *Oda a Mecenas*. Ulises se sentó a su lado y la respiración de ambos comenzó a entreverarse cada vez más agitada y a su naciente pasión no acompañaba el oleaje de la cala que en ese momento era tan leve que apenas se oía, pero de pronto Ulises y Martina se sorprendieron besándose en la boca con los labios muy apretados. En adelante Ulises siempre recordaría que en aquella cala de los nudistas conquistó por primera vez los labios de Martina que a partir de ese día se fueron abriendo, haciéndose más carnosos, más prolongados, más oscuros hasta alcanzar toda la profundidad de su caverna.

De regreso de la cala de los nudistas Ulises y Martina volvieron a atravesar el pedregal abrupto que les conduciría a la explanada. Esos cauces resecos contenían muchas serpientes y alacranes que en verano, a causa de la sequía y del terrible calor pegajoso, permanecían con la boca abierta asomando por las grietas, pero ahora los alacranes y las serpientes estaban criando y Martina se entretenía durante el camino levantando piedras con un bastón para ver si debajo había algún nido.

—Mira, aquí hay uno —gritó la chica.

—Deja eso, Martina. No te acerques —exclamó Ulises.

—Son de color miel, una madre con cuatro hijos.

Estaban de pie junto al nido de alacranes y el horror frío que les causaba ver aquellos bichos revolviéndose con la cola erguida rebosante de veneno fue suficiente motivo para que Martina se abrazara a Ulises y quedara llena de espanto agarrada con fuerza a su cintura. Ulises no sabía nada de la vida de los alacranes pero le dijo a Martina que esos animales desarrollan el veneno en primavera y que su cola llena de licor sigue el mismo proceso de las gemas de los árboles que revientan de savia. De pie sobre aquella cría de alacranes se dieron un beso y el horror comenzó a hacerlo excitante.

Durante una parte de esa primavera, bajo los efectos de la epidemia de azahar, los besos fueron furtivos y sin palabras, pero a primeros de mayo el cuerpo de Martina estuvo dispuesto ya para que Ulises lo acariciara y eso sucedió en una playa abierta, deshabitada, por la tarde después de una tormenta que había dejado la arena cubierta de algas. La urbanización vecina estaba vacía y las cafeterías y chiringuitos tenían los toldos aún recogidos por el invernaje. Bajo el olor a algas podridas Ulises y Martina iban paseando por la playa tomados de la mano y se detenían a veces para besarse hasta que se sentaron en la borda de una barca varada. Después se tumbaron en la arena y ése fue el momento en que Martina le dijo a Ulises:

—Ya es hora de que te quites las gafas para besarme.

—Bueno.

—Ven.

—Casi no te veo.

—No es necesario que me veas. Sólo quiero que me acaricies un poco.

—¿Como un ciego? —exclamó Ulises.

—A ver cómo lo haces.

Aunque el sol de la tarde aún estaba sobre el castillo Ulises de cerca no veía nada gracias a sus dioptrías y además se sentía deslumbrado por la pasión, de lo contrario hubiera sabido que los pechos de Martina tenían una transparencia rosada que terminaba en una corola oscura, pero él los besaba y acariciaba de forma convulsa entre la blusa abierta sin experiencia alguna y ella soportaba aquellos embates del deseo con la misma torpeza. Los dos estuvieron explorando sus cuerpos abruptamente hasta que el sol alargó la sombra de sus cuerpos en la playa y después se volvieron a sentar en la borda de la barca en silencio. Al final de aquella escena de pasión Ulises tuvo por primera vez un pensamiento que ya no abandonaría hasta hacerlo realidad.

—¿No dices nada? —murmuró Martina.

—Estoy pensando una cosa.

—¿Se refiere a mí?

—Algún día me compraré una barca de madera como ésta, una barca de pesca, y le pondré tu nombre —le dijo Ulises.

Todo el litoral de esta pequeña ciudad de Circea estaba siendo descubierto por el joven profesor al mismo tiempo que se le manifestaba el cuerpo de Martina. La naturaleza comenzaba a llenarse de flujos y hubo un momento en que Ulises ya no distinguía la tibieza de la brisa marina de la suavidad de la piel de Martina ni las dunas de la playa de la carne sinuosa que acariciaba furtivamente cada tarde bajo el aire azucarado del azahar ni la soledad del acantilado del silencio que ellos establecían después de la pasión.

Aunque Ulises había estudiado la épica clásica en libros de héroes y hazañas guerreras y era un especialista en esta clase de exaltaciones de la individualidad, el joven profesor estaba incubando una especie de laxitud mental que se hacía sentir sobre todo en la dulzura de los cartílagos. Comenzaba a percibir que la conquista de los pequeños placeres era el heroísmo más sublime que existía. Aquiles había destruido Troya; Ulises, su homónimo, el protagonista de la *Odisea* había navegado durante diez años soportando penalidades hasta regresar a Ítaca; Eneas había fundado Roma después de una larga travesía azarosa. Ésos eran los héroes clásicos cuyas hazañas cantadas en versos el joven profesor se había aprendido de memoria para aprobar la cátedra de Instituto. Había llegado a esta población marinera con la mente heroica, llena de sueños. Pero ahora Ulises Adsuara sólo pretendía comprar una pequeña barca de madera, de segunda mano, con un motor diesel, para salir los domingos a pescar, una barca que llevaría el nombre de Martina, escrito en letras azules.

Los exámenes de literatura clásica los había puesto Ulises en la última decena de mayo cuando el aroma de azahar aún era muy violento. El joven profesor se llevaba a la cantina El Tiburón varios ejercicios cada día para corregirlos bajo la parra del patio trasero mientras comía. Los alumnos habían contestado a sus preguntas en el examen con tantos errores, faltas e incorrecciones que habían sumido al joven profesor en una gran depresión. Tenía los papeles extendidos en la mesa de mármol junto al plato de arroz con espinacas y boquerones y no hacía más que blasfemar.

—¿De qué te quejas? —le preguntó Basilio.

—Esto está lleno de disparates —exclamó Ulises blandiendo un mazo de folios escritos.

—Cómo no van a escribir disparates si lo que les cuentas a esos chicos no son más que mentiras. Estás todo el día que si Zeus, que si Venus, que si Júpiter. ¿Quieres más disparates? ¿Cómo se puede uno ganar la vida con esas cosas? No haces más que contarles a esos chicos historias de monstruos marinos y al final lo que más te gusta son los chanquetes. ¿A que sí?

—Yo soy un profesor —dijo Ulises.

—A Martina también le estás llenando la cabeza de cosas raras y ella es muy débil para las fantasías. A ver qué haces, muchacho, que esa tonta se lo cree todo —exclamó Basilio con un tono poco amigable.

Mientras Martina le servía de postre un flan con nata Ulises le dijo que ese domingo, que era el último de mayo, la llevaría al valle de la Alcudiana en el Vespino antes de que los cerezos perdieran la flor por completo. Ulises le pidió a Basilio que le explicara otra vez el camino para llegar al aljibe. En una servilleta de papel Basilio le trazó un nuevo itinerario más sencillo punteando los pueblos que iba a encontrar en el trayecto y con este plano en el bolsillo la tarde del último domingo de mayo Ulises y Martina partieron hacia el valle completamente encelados. A esa misma hora todo el campo estaba lleno de parejas jóvenes celebrando bajo los naranjos innumerables cópulas con todas sus modalidades y aunque esos

actos de amor eran invisibles, sin duda creaban un flujo pegajoso en el aire en el que también libaban las abejas.

Cuando llegaron al cartel que anunciaba el desvío el Vespino subió por una carretera
entre pinos que iba bordeando el cauce de un
riachuelo parapetado por unos montes azules.
Sentada en el transportín Martina ya se había
acostumbrado a relajar su cuerpo sobre la espalda del conductor e incluso con los brazos
bien asidos al tronco a veces podía permitirse
llevar la cabeza reclinada en su hombro y aca-
riciarle el pecho debajo de la camisa mientras
Ulises conducía. Se detuvieron después de media hora de camino puesto que tanto el ciclomotor como ellos mismos estaban ardiendo.

Buscaron un sitio para besarse y como la
soledad era absoluta sin más presencia que
la de unas lagartijas se sentaron al borde de la
misma carretera bajo un olmo teniendo a sus
pies un gran barranco y allí comenzaron a acariciarse al mismo tiempo que aquellas lagartijas
levantaban el cuello. El silencio era tan profundo que los chasquidos de sus labios sonaban en el aire cada vez con más fuerza, lo mismo
que sus jadeos, e incluso se percibía el trabajo
oscuro de las lenguas buscándose, y así estaban
los dos absolutamente frenéticos cuando oyeron
unos pasos que se acercaban por una senda
desde el fondo del barranco. Era una mujer de

mediana edad que paseaba a solas con un ramo de flores en la mano. Les saludó amablemente al pasar por su lado. Pero Ulises y Martina no dejaron de observar que aquella mujer tenía cara de leona y el asombro les dejó sin habla como si hubieran visto un extraño felino extraviado en el valle, un ser inquietante, sin cejas, los pómulos muy anchos, las orejas cercenadas y la punta de la nariz comida. La mujer siguió su camino por la carretera hasta perderse en la curva y entonces Ulises y Martina se volvieron a abrazar.

Cuando estaban de nuevo en el interior de su propia ceguera con los cuerpos enlazados y las piernas arañadas por los abrojos Ulises y Martina oyeron unas risas en la misma curva por donde había desaparecido la mujer leona. Poco después vieron bajar a un grupo de personas, hombres y mujeres, todas igualmente con cara felina. Venían riendo y comentando los resultados de los partidos de fútbol que escuchaban en un transistor. ¡¡¡Gol, gooool, gool del Barcelona!!! Aquellos leones humanos también saludaron con amabilidad a la pareja de amantes que detuvo su trabajo mientras el grupo pasaba, hasta que la voz del locutor se perdió por un camino que torcía a la derecha.

—¿Has visto eso? —le preguntó Ulises a Martina.

—Creo que sí.

—Dime que no he tenido una alucinación.

—Yo también creo que son leones. Éste es un valle muy raro —dijo Martina.

—¿Y esa muralla? ¿Hasta dónde llegará? —preguntó Ulises señalando la cresta de varios montes.

—No sé. Parece que se pierde y no tiene fin. Éste es un lugar muy extraño.

—Es como si estuviéramos encerrados en un inmenso redil.

Cuando Ulises abrazó de nuevo a Martina se le fundieron de nuevo los ojos y después de un beso húmedo y prolongado los dos quedaron tendidos un tiempo boca abajo sobre los carrizos de la cuneta mordiendo briznas perfumadas pero de pronto notaron que sobre ellos se cernía la sombra de una figura que estaba a sus espaldas sin moverse. Volvieron el rostro. De pie frente a ellos se encontraba de nuevo la mujer leona con el ramo de flores en la mano sonriéndoles. Esta vez ella con una voz muy trémula les saludó.

—Buenas tardes. Me gusta tanto lo que hacen que quiero regalarles estas flores.

—Gracias, señora —dijo Martina.

—Sigan, sigan besándose, por favor. No quiero molestarles.

La mujer leona se inclinó para depositar el ramo de flores en el regazo de Martina y sin decir más palabras se dio la vuelta y desapareció por una senda que conducía hacia el barranco. Eran violetas y lirios salvajes. Martina se adornó el pelo con algunas flores y de esta forma volvieron a emprender viaje hacia la cima del valle.

Estaban todavía en mitad de la ascensión. A un lado del camino comenzaron a aparecer bancales con cerezos, olivos, limoneros, pequeñas huertas con hortalizas y alguna higuera que estaba sacando ya las hojas. En la moto, Ulises y Martina atravesaron la calle principal de un pueblecito blanco tendido sobre el espinazo de un monte y hasta allá arriba llegaba un aroma capaz de engendrar cualquier crimen horrendo. Algunas mujeres jugaban a las cartas en la puerta de las casas y el bar echaba a la acera a jóvenes tediosos y endomingados con las manos en los bolsillos. La carretera se abría paso entre varios corrales con gallinas a la salida del pueblo y con curvas muy cerradas seguía buscando la cuenca alta donde había otros dos pueblos colgados de los riscos, también blancos de cal. Una vez más Ulises se apeó para consultar el plano en la servilleta de papel cuyo trazado terminaba allí donde también moría la carretera frente al barranco del Infierno, que separaba el valle de la Alcudiana de otro valle que llaman de Bellavista, profundo y de color acero, desarbolado.

Pasado el último poblado, antes de llegar a la breña más alta, aún había cerezos en flor, limoneros y olivos y sólo un sendero de tierra que conducía a un teso con cipreses y que desde lejos parecía un calvario o cementerio pero que al llegar a pie hasta allí Ulises y Martina descubrieron que era un corral para ganado aunque en medio había una cruz de mampostería. Desde allí se veía todo el valle, cortado al fondo por la línea azul del Mediterráneo, entre el vapor verde que exhalaba la planicie de los frutales.

Es posible que hubiera por allí algún aljibe donde en la guerra habían aparecido los ojos de un caballo emergiendo del agua. Desde que Basilio les contó esa historia bajo la parra de la cantina el joven profesor había incorporado esa imagen a sus sueños y de forma inexplicable Martina también recurría a esa gruta en el inconsciente cuando tenía alguna fantasía erótica. A la salida del último pueblo habían preguntado a un joven cabrero si conocía que hubiera un aljibe por allí según le indicaban en el plano. El cabrero les señaló el teso de los cipreses.

—Detrás de ese cerro hay una senda que baja hacia el barranco del Infierno. A un centenar de pasos hay una cueva de agua, no sé si es el aljibe que buscan. No es fácil de ver porque la entrada es muy pequeña. Casi parece una madriguera.

—¿Tiene algún nombre especial?

—Aquí le decimos la cueva del Caballo.

El barranco del Infierno no daba opción a que se llamara de otro modo. Era una sima muy profunda e inviable que tenía cuervos volando en el fondo de su seno cuyos graznidos resonaban en los dos valles. Ulises y Martina caminaron por la senda que les había indicado el cabrero y a la distancia aproximada vieron unos zarzales abrasados junto a un roble seco y un pequeño bancal donde crecían plantas de humedad de forma salvaje. Tuvieron que explorar el contorno casi una hora antes de descubrir detrás de unas adelfas tupidas lo que parecía la boca de un refugio de alimañas.

Lograron introducirse con algún trabajo en aquella gruta y cuando sus ojos se hicieron a la oscuridad vieron que la gruta era amplia aunque no les permitía estar de pie por completo, sino reducidos a la postura de los primates, casi a cuatro patas. La luz que entraba por la boca era suficiente para iluminar el primer espacio del recinto donde había varias botellas, restos de comida y algunas bolsas de plástico, pero al encender una cerilla vieron que la llama se reproducía como en un espejo al fondo de la cueva y eso indicaba que allí había agua.

En la penumbra comenzaron a abrazarse y pronto se derrumbaron sobre la humedad del suelo. Ulises perdió las gafas al mismo tiempo que sus manos buscaban los muslos de Martina y la pareja se entregó de forma ruda a su propia pasión como dos animales dentro de la cueva. Desde el principio de abril, cuando Ulises conquistó la mano de Martina en lo alto del acantilado, hasta este momento en que el cuerpo de ella se le abría por completo en el interior de este aljibe natural ni Ulises ni Martina habían pronunciado una sola palabra de amor. Su silencio lo llenaba el deseo. El nudo que les ataba era sólo la carne, sin ningún juramento y eso les bastaba para buscarse. Fue una sorpresa para ellos sentir que hablaban y gemían de forma inconexa y emitían sonidos guturales incontrolados para acompañar el estertor de sus cuerpos. No se reconocían en esa naturaleza pero al finalizar aquel primer orgasmo compulsivo ambos experimentaron también el primer vacío que les saciaba hasta el fondo de los sentidos y quedaron de espaldas contemplando el techo de la gruta donde alguien había escrito una frase con una brocha de alquitrán, que Ulises no podía leer y que Martina no entendía.

—En sueños te he visto muchas veces en esta cueva —le dijo ella besándole con la boca fría.

—Yo también te he imaginado desnuda y atada en una cueva como ésta. ¿Qué pone en ese letrero? —preguntó Ulises.

—No sé.

—¿Dónde están mis gafas?

—No las busques todavía. Quiero que me lo hagas otra vez.

—¿Otra vez?

—Podemos hacerlo hasta que aparezcan los ojos del caballo —murmuró Martina.

Volvieron a abrazarse con el mismo brío gimiendo cada vez con más fuerza y el hecho de que se anudaran como dos animales dentro de la gruta le daba un sentido primitivo y misterioso a su existencia. Eran muy inexpertos. No tenían ninguna cultura sexual. Todos los gestos amorosos los estaban inaugurando sin que supieran que en esa cueva tal vez desde hacía millones de años otras parejas de primates les habían precedido en el mismo rito. Cuando terminaron de experimentar el segundo orgasmo Martina dijo:

—Quiero ver si aparecen ya los ojos del caballo. Ven.

—Es pronto todavía.

—Ven. Enciende otra cerilla.

Al final de la gruta había un charco de agua oscura pero no se podía saber a simple vista qué profundidad tenía. Mirándose en él se reflejaba la llama entre las siluetas de sus cuerpos desnudos. Ulises arrojó una piedra y la superficie del agua convirtió sus propias imágenes en círculos que se separaban cada vez más hasta anularse. La piedra sonó de forma densa y parecía haber tardado en llegar al fondo, de modo que podía tratarse de un pozo o de un manantial, pero allí no aparecían reflejados los ojos de un caballo sino sus propios ojos cuando las siluetas de sus cuerpos ya se había perdido en el agua.

—Quiero que me lo hagas otra vez —le dijo Martina.

—Fuera ya no hay sol. Seguro que será ya de noche —contestó Ulises.

—Otra vez. Quiero que me lo hagas otra vez —exclamó Martina.

Ulises comenzó a obedecer al deseo de Martina desde el principio. El hecho de que no hablaran de amor y que ni siquiera se hubieran dicho que se querían le daba a su pasión una fuerza pura e incontrolada. Ulises cabalgó de nuevo a la chica sin que por eso asomaran unos ojos en el espejo del agua y cuando salieron de la gruta la tarde larga de mayo aún se extendía hasta el mar a lo lejos. Mientras bajaban del valle ellos se prometieron que volverían siempre a esa cueva hasta que apareciera el caballo en el fondo del manantial. El seno del valle olía a melaza con más intensidad a medida que la motocicleta descendía y ellos venían tan saturados de sí mismos que en una curva erraron el camino y se metieron por una carretera que terminaba en una vaguada muy arbolada donde había varios pabellones de ladrillo, una iglesia rodeada de jardines con santos de escayola y una pequeña cafetería a la entrada en cuya terraza unas personas jugaban a las cartas y al dominó.

Ulises y Martina saludaron a los jugadores. Se sentaron en la terraza de la cafetería y pidieron un helado para aprovechar el último rayo de sol que se filtraba entre dos crestas minerales. Se pusieron a mirar la partida de naipes y de repente descubrieron que los jugadores y los camareros tenían todos cara de león. Entonces leyeron el cartel en la fachada de uno de los pabellones y cayeron en la cuenta de que habían entrado en una leprosería. Desde allí una muralla rodeaba varias montañas creando un espacio preservado del que los enfermos no podían escapar. Antiguamente a los leprosos se les obligaba a caminar haciendo sonar una campanilla para que la gente pudiera apartarse a tiempo y evitar el contagio de aquel mal sagrado. Pero ahora Ulises y Martina sentados en la terraza comenzaron a hablar con los jugadores cuando uno de ellos les preguntó:

—¿Son ustedes novios?

—No, no —respondió Ulises.

—¿Tienen algún familiar en el sanatorio?

—No, no.

—¿Excursionistas?

—Sí, sí —respondió Martina—. Hemos venido a visitar el valle.

—Habrán visto que éste es el lugar más hermoso del mundo. Debería estar reservado sólo para los jóvenes que se quieren. Muchas parejas de novios vienen aquí en primavera y los leprosos compartimos con ellas este maravilloso paisaje. Ahora que la lepra ya está vencida, si por mí fuera, yo convertiría esta leprosería en un hotel para novios en luna de miel. Nosotros estamos curados, pero no podemos volver a casa porque la familia y la gente del pueblo nos rechazan. Aquí lo pasamos muy bien. Jugamos a las cartas y al dominó, damos paseos, vemos a las parejitas arrullándose por el monte. Este mal no es tan contagioso como dicen, hay otras cosas peores. Si este sanatorio se convirtiera en un hotel para parejas enamoradas, nosotros los leprosos que ya estamos curados podríamos servir de camareros. De esta forma tendríamos trabajo sin necesidad de volver a casa. ¿De veras no son ustedes novios?

—No, no —contestó Martina—. ¿Lo parece?

—Aprovechen este valle ahora que son jóvenes. Los cerezos todavía están en flor —dijo aquel hombre con una sonrisa leonada.

Llegaron a la ciudad cuando ya oscurecía y hasta la explanada del puerto llegaba la música que venía de la terraza del náutico donde había un baile y el vocalista cantaba esa canción que decía: *Tú me acostumbraste / a todas esas cosas / y tú me enseñaste / que son maravillosas / sutil llegaste a mí / como la tentación,* y en el paseo de las Palmeras las madres jóvenes tiraban de los carritos de bebés y las cantinas de pescadores bajo los arcos estaban empapadas de humo y alcohol. Antes de separarse Ulises y Martina se chuparon mutuamente la lengua para sellar la excursión. Esa misma noche la chica se colocó detrás del mostrador de El Tiburón a servir copas a los marineros y el joven profesor se fue a su estudio del barrio de pescadores a corregir exámenes. Ambos volvieron a su mundo: él con Júpiter y otros dioses y ella con Quisquilla y otros clientes borrachos y no se sabe quiénes contaban cosas más alucinantes si los marineros al pie de la barra o los estudiantes en los ejercicios escritos, dos mitologías llenas de mentiras, pero una cosa era cierta: Ulises Adsuara se sentía cada día más atraído por el mundo de los marineros reales y por las historias que contaban otros desechos humanos en el puerto; en cambio Martina comenzaba a estar subyugada por las fábulas de los héroes clásicos que Ulises le leía. Ella ya había incorporado los ojos del caballo en el aljibe como uno de los mitos de su vida cotidiana.

—¿Vamos a ver los ojos del caballo? —le decía Martina a Ulises para indicar que quería acostarse con él.

—El próximo domingo.

—Algún día tendrán que salir a la superficie —añadía ella perdiendo ya el rubor.

—Algún día —murmuraba Ulises con timidez.

Mientras duró la primavera Ulises y Martina subieron cada domingo al valle. Sin detenerse ya en el camino llegaban al barranco del Infierno y se adentraban en la gruta del agua donde se apareaban hasta caer de espaldas agotados. Los ojos del caballo no aparecieron en la superficie del manantial pero pasado cierto tiempo Martina comenzó a tener sueños en los que los ojos del caballo se le reproducían dentro de su cuerpo. Primero fueron los ojos y después fue la cabeza entera la que sentía dentro de la carne. Ella atribuía esos sueños a las fábulas mitológicas que Ulises le contaba, aunque la miel del aire todavía perduraba en forma de epidemia y sin duda esas quimeras de Martina eran uno de los síntomas.

Cuando la primavera ya había entrado en calor y el curso en el Instituto había terminado, llegó el tiempo en que las flores, lo mismo que las pasiones, comenzaron a dar sus frutos. Los sueños de Martina cesaron por completo a medida que sus pechos se ponían extremadamente duros. De pronto los ojos del caballo también desaparecieron de su vientre y en su lugar sintió que el amor le había quebrado la cintura. Finalmente Martina supo que estaba embarazada.

...Ulises se hizo marinero
y su barca era blanca, negra y azul,
en ella un día navegaría
hacia el mar oscuro de Hades...

Cuando Basilio se enteró de que su hija estaba embarazada, escogió uno de aquellos arpones de pescar marrajos que decoraban la taberna y lo puso encima de la mesa junto al plato de Ulises en son de amenaza, un día en que comían juntos un arroz con espinacas bajo el emparrado del patio de atrás.

—Te dije que fueras con cuidado, sabihondo —exclamó Basilio acariciando el arte de pesca.

—Yo soy una persona responsable —contestó Ulises.

—Nos vamos a casar, padre, no tengas cuidado —dijo Martina.

—El mal ya está hecho —gimió la señora Roseta mientras se iba a la cocina.

—Madre, aquí no hay ningún daño.

—Te has dejado preñar como una tonta, hija mía, ¿te parece pequeño ese mal?

—Yo soy una persona responsable —repitió Ulises.

—Más te vale.

—Y ahora que has preñado a mi hija ya es hora de que empieces a beber coñac como un hombre —le dijo Basilio blandiendo esta vez la botella en lugar del arpón.

—Ulises va a alquilar un esmoquin —exclamó Martina.

—Eso es, como Yul Brynner —dijo Ulises después de echar el primer trago.

—Ésta ya te ha metido a ti también en sus sueños. No sé quién de los dos está más loco —murmuró el viejo dejando el arpón en su sitio.

La ilusión de Martina era que Ulises se casara de esmoquin, porque esa prenda le recordaba la figura mítica de aquel Yul Brynner romántico y solitario que bebía champán en la popa del yate *Son de Mar,* aquel héroe que le tomó de la mano en la cantina una mañana en que rodaban una película en el puerto y mientras el joven profesor de literatura clásica se decidía a ir a la capital a alquilar el traje de novio, a Martina le crecía el vientre detrás de la barra. Hasta ese día Ulises y Martina no se habían pronunciado entre ellos ni una sola palabra de amor, sólo lo habían ejercido de forma natural como dos animales en una cueva rupestre, pero ahora Ulises, viendo siempre ante sí aquel arpón colgado en la pared de la cantina se sintió capturado por el destino.

La familia de Martina decidió acelerar la boda antes de que el embarazo se manifestara. El convite se haría en la propia taberna y junto con los parientes más allegados a él serían invitados el protector de la familia Alberto Sierra y algunos clientes habituales del establecimiento, que eran en su mayoría marineros y pescadores. Para satisfacer el capricho de la novia, Ulises se fue a Valencia a alquilar un esmoquin, viaje que realizó acompañado por su colega de Instituto, el profesor de dibujo Xavier Leal, que le llevó en su coche un día tórrido en que las alcantarillas de la ciudad emitían un hedor escalfado. Ulises y Xavier llegaron a la pañería Casa Mensa, en el barrio del Carmen y el novio se probó el único traje que había de su talla.

—¿Me sienta bien? —preguntó Ulises mirándose en varios espejos.

—Estás muy guapo. Nadie diría que eres un profesor de Instituto. Pareces un galán de película —le dijo su amigo.

—Como Yul Brynner —exclamó Ulises.

—Oye, ese esmoquin tiene una mancha —dijo Xavier Leal.

—¿Dónde? —preguntó la dependienta que los atendía.

—Ahí en la solapa.

—Es cierto, señorita, tiene una mancha roja aquí, mire. Puede que sea sangre —dijo Ulises.

—Este establecimiento lleva siempre los trajes al tinte cada vez que han sido alquilados.

—Seguro que este esmoquin se lo han comprado a un muerto después de algún crimen —bromeó Xavier.

—Qué gracioso —exclamó la dependienta—. A lo mejor dentro de este traje ha habido mucha gente que ha sido feliz. Mírenlo desde el lado bueno.

—Me encantaría llevar el esmoquin que ha usado un asesino, no crea.

—¿Va usted a casarse?

—Sí —contestó Ulises.

—En este caso lo único importante es que le siente bien el esmoquin. No busque más allá.

—¿Y esto qué es? —insistió Ulises.

—Eso no es nada. Sólo un poco de polilla. En cuanto le dé el aire la polilla desaparece —dijo la dependienta.

Puesto que el traje estaba muy ajado, la Casa Mensa, de prestigio reconocido, propuso vendérselo a módico precio si deseaba quedárselo para sucesivas bodas o fiestas de sociedad. Ulises decidió comprarlo y una vez empaquetado junto con el pantalón a rayas, el fajín y la corbata de lazo, lo guardaron en el maletero del coche y luego entraron en una joyería de la calle San Vicente a encargar los anillos según las medidas que traía Ulises del dedo corazón de Martina y del suyo propio que exhibió en el mostrador y, mientras el joyero les pedía unas horas para poder grabar los nombres y la fecha, los dos amigos se fueron a comer al balneario de Las Arenas y allí junto a la playa abierta hablaron de sus cosas. El joyero escribió con letra redondilla en el interior de las alianzas los nombres de Ulises y Martina y a continuación la fecha feliz del 16 de agosto de 1982, para la que también estaba anunciada una ola de calor.

Tenían enfrente un Partenón pintado de azulete derruido por dentro donde en otro tiempo había bañeras para tomar aguas termales de mar pero ahora todo el establecimiento, aun siendo pleno verano, presentaba un aspecto de desolación y los clientes parecían restos de un pasado que no querían olvidar los días felices que vivieron en ese lugar. Ulises y Xavier Leal tomaron el postre, unos sorbetes de fresa, en las mesas dispuestas en el jardín a la sombra de unas jacarandás, y en ese ambiente destartalado del balneario que no se distinguía de la más refinada decadencia una vez más Xavier volvió a su juego preferido: comenzó a acosar a su amigo con la mirada y por mucho que Ulises la rehuyera no podía sacudirse de encima el interrogante que los ojos de su compañero le planteaban. El profesor de dibujo no dejó de acariciarse el colgante en forma de serpiente egipcia que se balanceaba en su esternón mientras le hacía esta pregunta provocativa:

—¿Sabes cómo se descubren los homosexuales entre ellos?

—No —respondió Ulises.

—En un bar, en un restaurante, en una fiesta, en cualquier lugar de reunión si alguien te mira así. ¿Ves? Así.

—¿Cómo?

—Si te mira como yo te estoy mirando ahora —le dijo Xavier fijando los ojos en el rostro de su amigo con una intensidad acuciante como pidiendo auxilio— eso significa que le gustas y espera respuesta.

—Es una mirada para especialistas.

—¿No sientes nada?

—No —dijo Ulises.

—Bueno, déjalo. No te gustan los hombres —exclamó Xavier retirando los ojos con una carcajada muy medida.

—No. No me gustan.

—¿Quién te ha hecho esa cicatriz en la barbilla?

—Me mordió una loba. Me tuvieron que dar siete puntos de sutura.

—¿Cómo sucedió? —preguntó Xavier.

—Fue en el interior de una madriguera. Me amó de tal manera esa loba que quiso demostrarme cómo besa una mujer de verdad. En tiempos de las cavernas los besos eran mordiscos.

—Martina no tiene pinta de ser tan fiera.

—Estoy unido a ella por esta cicatriz y por un arpón de pescar marrajos. Así de fuerte —dijo Ulises.

—Yo tengo amores más suaves pero igual de trágicos. Te voy a confesar algo. En este balneario en ruinas como lo ves ahora, cuando tenía unos doce años supe por primera vez que me gustaban los chicos. Por eso te he traído aquí.

—¿Cómo te diste cuenta?

—Porque no me podía sujetar los ojos. No sabía cómo dejar de mirarlos. Me sigue pasando lo mismo —contestó Xavier.

Ulises sabía que le gustaba a su colega de Instituto pero nunca había soportado una declaración tan manifiesta. Para relajar un poco la tensión Ulises se quitó las sandalias y puso los pies desnudos sobre una silla de tijera y entonces Xavier sacó del coche un bloc de apuntes y comenzó a dibujar a su amigo con un lápiz de carboncillo. Lo dibujó imaginándolo vestido de esmoquin, con la corbata de lazo, el fajín, el pantalón de rayas, con la cabeza romántica, el pelo al viento y las gafas que le daban un aire de intelectual aventurero, con la cicatriz de la loba en la barbilla y con los pies descalzos apoyados en aquella silla bajo las jacarandás del balneario de Las Arenas. Antes de terminar el boceto, sin perder la concentración, Xavier le dijo:

—Tienes el pie griego. ¿Lo sabías?

—¿El pie griego?

—Tienes el segundo dedo más largo que el dedo gordo.

—¿Y eso qué significa? —preguntó Ulises.

—Es un privilegio aristocrático.

—No lo sabía.

—Conoces toda la mitología y no has aprendido lo principal —dijo Xavier sin levantar los ojos del cuaderno de dibujo—. ¿Nunca has analizado los pies de las esculturas griegas? Todos los dioses tienen ese segundo dedo más largo que el dedo gordo. Y todos los héroes.

—¿Es algo indispensable? —preguntó Ulises mirándose los dedos de los pies como si los acabara de descubrir en ese momento.

—Es una condición. Sin duda habrás soñado con emprender un largo viaje.

—Como todo el mundo —contestó Ulises—. Todos sueñan con emprender un viaje. Sin ir más lejos dentro de unos días me voy a casar.

—¿Y nunca has pensado en huir?

—No me persigue nadie.

—Me refiero a un largo viaje para perderte.

—No. Yo solamente leo. No voy más allá.

Ulises sabía muy bien que la mitología sólo es poesía y también una forma de locura.

Tenía en frente un Partenón azul descascarillado y todo un mar para llenarlo de aventuras
sin salirse de la propia mente. Cuando Xavier le mostró el dibujo casi terminado se vio a
sí mismo en aquel retrato como un personaje
idealizado por el amor de un amigo, con esmoquin y los pies desnudos sentado en una silla
de tijera, sin saber que esa imagen podía ser una
alegoría de un viaje soñado.

En el balneario de Las Arenas, mientras
Xavier le contaba escenas de su niñez que trans-
currieron en ese lugar, Ulises comenzó a percibir algunas sensaciones oscuras. La pasión por
el cuerpo de Martina le tenía muy sometido a
la tierra, esa mujer era parte de la topografía de la
costa y su sexo no lo podía distinguir de aquella gruta en el alto valle donde la había poseído
por primera vez. Un arpón lo unía a ella. Pero
enfrente estaba el mar de la Malvarrosa. Ulises
sabía que cualquier héroe debe hacer un viaje,
lo había leído innumerables veces en los libros
clásicos, un viaje lleno de aventuras del que uno
debe regresar maduro y enriquecido aunque
esa travesía podía realizarse sin salir de uno mismo. Tal vez la ofuscación creciente que sentía
era un indicio de que ese viaje interior ya se
había iniciado como una forma de poesía o de
locura.

—A este balneario me traía mi madre
en un tranvía azul cuando yo era niño —dijo

Xavier con los ojos cerrados dormitando a la sombra de las jacarandás—. Me bañaba en la piscina, me tiraba del trampolín. A la caída de la tarde tapaban la piscina con unas tablas para convertirla en pista de baile. Al regresar a casa, de la mano de mi madre, desde la parada del tranvía se oía sonar la orquestina. Siempre recordaré aquella canción, la *Piccolísima serenata,* de Renato Carosone, la llevo asociada al sabor a cloro, a la piel quemada por el sol y a aquella tragedia. Yo estaba en la piscina cuando se partió el trampolín y mató a varias personas.

—Lo has contado muchas veces. No paras de contarlo —dijo Ulises.

—La piscina tenía un trampolín de obra, estilo modernista, diseñado por un arquitecto famoso en tiempos de la República. Subido en él comencé a adorar mi propio cuerpo y el de otros adolescentes. Desde la última pala se veía todo el mar, los merenderos, las grúas y los tinglados del puerto, y en medio del sol y de la brisa marina me creía inmortal allí arriba y por dentro sentía la necesidad de ser guapo a toda costa y que me amaran por mi belleza.

—Cada vez le añades más literatura —dijo Ulises que también tenía los ojos cerrados por la reverberación de la luz.

—¿Te estás durmiendo?

—No.

—Lo cuento tantas veces porque la historia de ese trampolín explica mejor la esencia de nuestra cultura que cualquiera de tus fábulas mitológicas. No se trata de literatura.

—Tal vez —murmuró Ulises.

—Bueno, un domingo de verano, cuando el trampolín de la piscina estaba lleno de chicos desnudos llenos de risas, de pronto aquel maldito brazo de cemento se partió en el instante de más esplendor y mató a dos que estaban debajo.

—Sí, sí, sería terrible, sin duda. Pero no hables de esplendor. Suena a falso —dijo Ulises abriendo los ojos.

—La piscina se llenó de sangre.

—Eso está mejor.

—Esa misma tarde hubo baile. Retiraron los cascotes y cubrieron la piscina con las tablas. La orquesta comenzó a tocar desde las gradas aquellas melodías del momento, ya sabes, *El manisero, Siboney, Quiéreme mucho,* todo eso y el trampolín partido quedó con los hierros retorcidos en el aire como una garra y bajo esa garra las parejas bailaban. Desde la parada del tranvía, agarrado de la mano de mi madre, yo oía que cantaban la *Piccolísima serenata* y mi madre lloraba. «¿Por qué lloras?», le pregunté. «Lloro porque lloras tú», me contestó mi madre. Fue una gran tragedia. Recuerdo también a aquel compañero de colegio cuando oigo esa canción. Murió aplastado.

—Eso es nuevo. Nunca me habías contado que en aquella tragedia murió tu primer amor.

—Ya lo sabes.

Xavier Leal fue testigo de la boda. Ulises estuvo acompañado por algunos colegas del Instituto y por los familiares imprescindibles que llegaron de tierra adentro y que ese mismo día por la tarde, después del banquete, desaparecieron sin dejar rastro. Martina iba de blanco y se mostraba feliz; sus padres iban de negro y no podían disimular cierta rigidez en el rostro, que sólo duró mientras se realizaba la ceremonia en la iglesia y que desapareció por completo cuando los invitados comenzaron a cantar bajo el emparrado de la cantina donde se habían dispuesto varias mesas corridas para el convite. Ulises lucía el esmoquin por cuyos forros tal vez habían pasado innumerables novios tan azarosos como él exhibiendo la mancha en la solapa como un distintivo. El profesor erudito se desenvolvía con una soltura propia de un pez capturado con uno de aquellos arpones que decoraban las paredes de la cantina y al que habían dado mucho sedal. Vestido con aquel esmoquin de segunda mano Ulises se movía entre las mesas seguido siempre por el hilo que Martina le tensaba con la mirada.

El testigo Xavier Leal le ofreció el primer regalo. Mientras los invitados devoraban el segundo plato, una suprema de lubina, se acercó al novio y le entregó la hoja de bloc con el retrato acabado cuyo boceto había iniciado unos días antes en el balneario de Las Arenas. Martina ladeó el rostro radiante para contemplarlo. Vio a su marido allí dibujado al carboncillo, sentado bajo unos árboles, frente al mar, con un Partenón al lado, vestido con el mismo esmoquin que ahora lucía pero con los pies desnudos sobre una silla de tijera, de uno de cuyos dedos emergía una especie de aura. Después de que el retrato pasara entre las manos de algunos curiosos en la mesa presidencial y fuera alabado por todos Ulises lo guardó en un bolsillo y en ese momento comenzó a sonar el acordeón con el pasodoble *El gato montés* que tocaba Jorgito el Destripador de los Mares a quien habían dado un día de permiso en el manicomio para que pudiera asistir a la boda.

Había otros invitados conocidos de Ulises. Endomingado con una corbata plateada bajo el calor tórrido de aquel día de agosto en que soplaba el siroco violento en el banquete de boda estaba el marinero Quisquilla que una noche de luna llena quedó deslumbrado por el resplandor de un banco de sardinas; también estaba el pescador Requena que siempre contaba que había estado muerto en el más allá y que había vuelto después de pasar tres días en la tripa de la ballena como Jonás. Pero sin duda entre todos los invitados el que más respeto causaba era Alberto Sierra, un tipo que acababa de comprar tres montañas para construir una urbanización y del que se decía que era testaferro de una empresa alemana. Este hombre primero fue patrón de un barco de pesca, en el cual el viejo Basilio estuvo enrolado de cocinero antes de alquilar la taberna El Tiburón y de ahí venía el vasallaje que le tributaba esta familia.

Bajo los acordes de los pasodobles que tocaba al acordeón el virtuoso Jorgito en el patio de la cantina a la sombra del emparrado el perro y el gato de la familia iban entre las patas de las mesas y los invitados cantaban a coro, bebían, levantaban las copas de vino, eructaban, se limpiaban el sudor con pañuelos ya muy sudados y se aflojaban el cinturón o la falda para que les cupiera la tarta nupcial y los demás pasteles. Los marineros contaban historias y en todas las mesas se decía que los primeros atunes ya estaban pasando.

Ulises había oído ya mil veces el caso de aquel alevín de atún que fue anillado en la almadraba de Circea. Pesaba doscientos gramos escasos, medía unos diez centímetros y en la chapa se había hecho constar la fecha y otros datos de identificación. Cuatro años más tarde ese atún fue capturado en aguas de la isla de Sumatra y pesaba casi quinientos kilos.

—¿Has oído eso, Ulises? —le preguntó Martina.

—La historia de ese atún la sé de memoria.

—Es una historia muy bonita.

—Sí, sí. Dan ganas de ir a Sumatra.

—¿Dónde está Sumatra? —preguntó la novia vestida de blanco.

—Lejos. Sólo es una isla que está muy lejos —murmuró Ulises.

Durante el banquete de boda fue la primera vez que Jorgito comenzó a reír a carcajadas sin poder parar de reír y mientras se reía tocaba pasodobles con el acordeón y los invitados creían que estaba muy contento porque lo habían soltado del manicomio por un día pero aquella alegría era la primera fase manifiesta de su locura y como la gente no lo sabía le daba palmadas en la espalda para animarle más todavía pensando que estaba borracho. En medio del sonido del pasodoble algunos le gritaban el nombre de Tatum Novack, la artista de Hollywood, y entonces Jorgito lanzaba un aullido de lobo como si lo hubieran herido en lo más hondo del cerebro.

Los puros Montecristo los repartía a su cargo el joven empresario Alberto Sierra, moreno, guapetón y cuadrado de biceps, que ejercía allí el papel de benefactor de la familia, y faltaba poco para que algunos invitados le besaran la mano anillada con un sello de oro y él les diera la bendición, cosa que hizo cuando llegó a la altura de los novios en la mesa presidencial.

—Cuídala. A esta niña la hemos visto crecer todos.

—Sí, sí —contestó Ulises.

—Gracias don Alberto —le dijo Martina con mucho respeto.

—¿Don Alberto? —exclamó el joven empresario.

—Gracias Alberto —dijo Martina dándole un beso con rubor.

—Mientras yo esté bien no os faltará de nada. Aquí tenéis mi presente.

La ilusión de Basilio hubiera sido casar a su hija con aquel hombre emprendedor que siempre la había adorado. La belleza de Martina era tan delicada como la de una señorita de la alta sociedad, hubiera hecho un buen papel como mujer de cualquier hombre principal una vez bien ensayada, pero vino un forastero flaco, miope y desgarbado y se la llevó con un poco de labia después de haberla preñado llenándole además la cabeza de fábulas, fantasías y sueños.

Cuando el banquete de boda, aquel día en que soplaba el siroco, se deshacía a la sombra de la parra bajo los sones del acordeón de Jorgito y los invitados estaban desmadejados en las sillas frente a la tarta y los licores, Ulises quiso que el pescador Requena le contara su aventura en la gruta del acantilado durante aquel temporal en que había pasado tres días acompasando su respiración a la ola que inundaba la cueva y lo cubría cada dos minutos. Requena era un hombre de pocas palabras y lo primero que dijo fue esto:

—Resistí porque ya estaba muerto y los muertos son los únicos que pueden aguantar. Una vez oí contar a un cura que alguien pasó tres días en el vientre de una ballena, al final el animal lo vomitó. A mí me pasó eso. Siempre que veo ese acantilado creo que es la ballena. Tuve que resistir luchando dentro de su vientre.

—¿Quiere decir que se agarró a la roca por instinto sin saber lo que hacía? —le preguntó Ulises.

—Sería eso —dijo Requena.

—En estos casos es cuando uno se conoce por dentro —exclamó Ulises.

—Puede que tengas razón. Al segundo día, mientras cada ola me sumergía, dentro de ella me veía yo mismo por dentro, sí señor.

—¿Cómo se veía? —preguntó Martina.

—Muerto, ya te digo.

—¿Y cómo es uno por dentro cuando está muerto?

—Agua.

—¿Sólo?

—Agua. Sólo agua. Y de eso saqué una lección.

—¿Una lección?

—Sólo si mueres puedes volver a vivir —dijo Requena—. Los otros dos se ahogaron porque la vida es lo único que tenían.

—Visto así —murmuró Ulises.

—Yo sólo quería pescar meros en el acantilado porque esa tradición venía de mis abuelos. No me preguntes más.

—Bien mirado, si te mueres te conviertes en inmortal porque ya no te puedes volver a morir —dijo Ulises.

—Eso es lo que aprendí, ¿ves? En un cementerio hazte el difunto, en un temporal hazte el ahogado. Así sobrevivirás —contestó finalmente el pescador Requena encendiendo el puro Montecristo como si hubiera encontrado la solución a su filosofía de la vida.

Jorgito tocaba el acordeón soltando unas carcajadas que le salían del fondo de su mente y en una esquina del banquete el nuevo empresario Alberto Sierra asombraba a un corro de invitados anunciando que iba a construir una urbanización en la playa con un rascacielos que se llamaría La Sirena. Este hombre que venía de una familia de patrones de pesca fue el primero en darse cuenta de que el negocio estaba ahora en el turismo. Se deshizo del barco y había invertido el dinero en la compra de terrenos baldíos y de pronto sobrevino la avalancha de extranjeros y con ella llegó la especulación más salvaje que permitió a este adelantado tener el primer Mercedes, el primer chalet con pórtico de columnas corintias y dos hectáreas de jardín francés con sauces llorones, la primera colección de vinos famosos, un anillo de oro con el sello de iniciales, un escudo con leones en el cabecero de la cama, que era una inmensa concha de nácar y un juego de pesas de halterofilia. Siendo como era rico, tenía el vientre duro y liso, y también fue el primero en usar bermudas que mostraban unas pantorrillas sin pelo rizado. Su fortuna no había hecho más que empezar.

La devoción que este joven empresario tenía por la familia de Basilio venía de lejos. En el viejo barco de los Sierra, en el *Virgen del Carmen,* estuvo enrolado como marinero el abuelo de Martina y en él después el propio Basilio había sido cocinero. Pero además había entre ellos un lazo oculto: el nuevo constructor había iniciado su propia riqueza sin apartar los ojos de aquella criatura, de belleza tan delicada, que ahora estaba vestida de novia bajo el emparrado de la cantina junto a un joven profesor con gafas de cuatro dioptrías que la había enamorado. Su regalo de boda fue un chino de marfil labrado que Ulises se vio forzado a colocar en la estantería del estudio junto a la colección de la poesía lírica griega y los siete tomos de la mitología.

Poco antes de que el banquete se disolviera la pareja de novios recibió abrazos y besos de despedida y entre las cosas que le dijeron Ulises guardó para siempre la frase que el pescador Requena pronunció:

—Amigo, yo estuve tres días muerto en aquella gruta, igual que Cristo en la tumba, o que un tal Jonás en el vientre de una ballena. Los flacos como nosotros somos muy fuertes. Siempre resucitamos. Enhorabuena. Si algún día naufragas, vuelve a la vida, como lo hacen los más afortunados.

—Gracias —dijo Ulises.

Terminada la boda Martina se quitó el vestido de novia y también guardó en el armario el esmoquin de su marido. Partieron de viaje de novios a la capital esa misma tarde cuando el siroco era más violento. En el mismo autobús viajaba Jorgito de regreso al manicomio y durante el trayecto a veces soltaba una terrible carcajada y la hermana del enfermo, que lo acompañaba, cuando protestaba algún viajero, se levantaba del asiento para explicarle que el hombre, aunque se reía, lo estaba pasando muy mal. Sólo se consolaba de aquellas risotadas si le dejaban contar que una noche la famosa artista de Hollywood, Tatum Novack, lo había elegido como amante. Para que se calmara, Ulises alentó a Jorgito a que relatara su aventura a los presentes.

—¿Es cierto lo que dices?

—Quería casarse conmigo.

—¿Tatum Novack?

—Pero después de pasar una noche con ella le dije, bueno, chica, búscate a otro.

—No debiste dejarla —le comentó uno de los pasajeros.

—Yo ahora sería un artista. Me quería llevar a Hollywood con ella. Ahora un servidor saldría en todas las revistas y llevaría esmoquin y fumaría Marlboro... pero no crea usted, esa artista si la ves desnuda no es gran cosa, y además le gusta que le peguen en la cama y uno no está para eso, tanto vicio no me gusta. Así que le dije...

—Sí, sí —le dijo su hermana para apaciguarlo.

—Le dije, búscate a otro, a un camionero.

—Claro —exclamó un vecino de asiento.

—Me quería llevar a Hollywood.

—Sí, sí —dijo su hermana.

—Si le hubiera hecho caso ahora yo sería un artista y no estaría en el manicomio —gimió Jorgito.

A Ulises la vida le deparaba ser un intelectual tabernero y a Martina seguir siendo una sencilla chica de pueblo con la cabeza llena de fábulas. Si las cosas iban mal en el Instituto, Ulises siempre podría refugiarse en la cantina El Tiburón a despachar alcohol a los marineros y a su vez Martina podría pedirle a su marido que siguiera contándole historias de dioses cuando se sintiera desolada.

La noche de bodas la pasaron en un hotel de la playa de Las Arenas que en la planta baja tenía un restaurante muy popular y aquel atardecer de agosto su terraza con toldos y cañizos estaba rebosante de gente cuyo fragor subía hasta la habitación de los recién casados y junto con las voces y las risas les llegaba también el flujo de calamares y mejillones al vapor.

Martina se miró desnuda de perfil en el espejo de un armario y se vio el vientre que iba madurando después de haberle quebrado la cintura. Antes de que la luz que aún quedaba en el mar se apagara, la pareja se acostó en una cama con cabecera de hierro que al poco tiempo comenzó a crujir mientras en la playa se oían canciones cantadas a coro por un grupo de borrachos que había cenado bien. En esa cama fue la primera vez que Martina le dijo a Ulises que lo quería como una perra y que adondequiera que fuera, ella lo seguiría siempre. Después de que ambos se poseyeran con una profundidad desconocida quedaron exhaustos y sudados boca arriba en silencio. Finalmente Martina murmuró:

—Ahora cuéntame otra vez eso de las serpientes.

—¿Otra vez? Estamos a oscuras. No puedo leer.

—Te lo sabes de memoria. Empieza —le dijo Martina de forma imperativa.

—Bueno —murmuró Ulises comenzando a recitar lleno de resignación.

Y he aquí que se lanzan por el mar profundo en calma dos serpientes de inmensas espirales que avanzan a la par hacia la ribera. Por encima de las ondas levantan su pecho y sus sangrientas crestas superan el agua; lo restante de su cuerpo se desarrolla largamente a flor de ola y su enorme espinazo se desdobla en anillos sin fin. El mar hace espuma y sonido. Y ya llegaban a la orilla, sus ojos ardientes, llenos de sangre y llama. Vibrando sus lenguas de saeta, lamiendo con ellas las sibilantes bocas. Ellas derechamente van a Laocoonte. Y... entonces vamos a ver... vamos a ver...

—Me he perdido —exclamó Ulises—. ¿Cómo sigue?

—Las serpientes engullen a sus hijos —dijo Martina en la oscuridad.

—Ah, sí. Y después atacan al mismo Laocoonte.

*...le aprisionan en medio de dos vueltas
y en derredor de su cuello con doble anillo de su
cuerpo le oprimen y con sus cabezas y cervices altas le superan. Él con ambas manos intenta romper los nudos...*

—Ven —exclamó Martina.
—Déjame terminar.
—No.
—Ahora las serpientes van hacia el altar
y allí se acurrucan bajo el redondo escudo de
la diosa.

Mientras Ulises recitaba a oscuras Martina le envolvía con los brazos constriñéndole
con una pasión insospechada demostrando lo
que estaba dispuesta a hacer durante toda su
vida. Desde ese momento Martina desarrolló
un apego animal hacia su marido pese a que
éste no tenía ninguna virtud para dominarla
salvo con la seducción de unas palabras fabu-
losas. Martina sólo experimentaba fuego en el
cuerpo cuando Ulises le hacía arder los oídos
y la memoria con relatos que a ella le parecían
increíbles y que la transformaban por dentro.
No podía decirse que Ulises fuera un buen
amante. En el sexo Martina siempre lo sobrepasaba. Ulises carecía de imaginación y las
veces en que ella rompía con la timidez su
arrojo asustaba al joven profesor que se sen-

tía inexperto y desvalido para sujetar aquella marea.

Ulises se dio cuenta muy pronto de que le sería difícil deshacer aquel nudo que se había creado. En medio de la oscuridad de la habitación veía brillar el arpón y alrededor de su cuerpo sentía que su mujer era una serpiente doble que lo abrazaba y a la vez lo ahogaba. No sabía nada del amor. Suponía que el amor era eso. Cuando terminaron de poseerse por segunda vez aquella noche quedaron boca arriba de nuevo y en el silencio que el cansancio estableció entre ellos sólo se oía su propia respiración y la música del bolero *Toda una vida* que llegaba desde el balneario de Las Arenas. La gente de las terrazas ya se había ido.

—Quiero comprarme una barca —dijo Ulises en la oscuridad.

—¿Para navegar? —preguntó Martina.

—No. Una pequeña barca de pesca.

—¿Le pondrás mi nombre? —dijo Martina.

—Me gustaría que tuviera el pantoque pintado de negro y la proa azul.

—Seguro que de ese color era la barca de alguno de tus héroes.

—Una pequeña barca de madera, de segunda mano, con un pequeño motor, lo suficiente para salir a unas millas de la costa, por donde pasan los atunes.

—¿Me quieres? —murmuró Martina.

—Esta noche ya no más —exclamó Ulises.

Fueron unos días llenos de bochorno de agosto de andar perdidos por la ciudad esperando que llegara la noche sólo para volver a amarse. En el itinerario de la luna de miel descubrieron pronto aquellos garitos nocturnos que estaban floreciendo en la Malvarrosa y en el barrio del Carmen. Por los alrededores del mercado central se adentraban en un laberinto poseídos de sí mismos y por el hedor de las alcantarillas. Aquellos antros tan modernos estaban llenos de adolescentes que habían huido de casa y las crónicas urbanas que allí se contaban también se parecían a las historias de marineros naufragados que Ulises y Martina habían oído tantas veces en la cantina El Tiburón. Muchos jóvenes habían quedado varados en aquellos almohadones raídos después de haber soñado con viajar al sur poniendo el dedo al borde de cualquier cuneta teniendo una ciudad con palmeras en las venas. Algunos adolescentes con la cresta pintada de bermellón se habían colocado una jeringuilla en la oreja como el lápiz de ebanista y se exhibían con la mejilla traspasada con un garfio. Parecían peces capturados, extraños peces de colores de un lejano mar y que ahora nadaban sin poder salir de aquellas peceras. Este ambiente tan turbio que en aquellos años ochenta era el espejo de la modernidad despertaba en esta pareja de recién casados una curiosidad de exploradores. Xavier Leal que era asiduo del barrio les había dado algunas direcciones, la botillería farmacia Sant Jaume, el bar El Negrito, el café Lisboa, el Cafetín. Los clientes de estos bares de copas, aunque ensayaran un aire de piratas o bucaneros de asfalto, daban la sensación de estar buscándose sólo a sí mismos, encerrados en una isla.

Tomados de la mano donde les brillaban las alianzas recientes Ulises y Martina entraban por la calle de la Bolsería hasta la calle de Cavallers entre un gentío que el bochorno de la noche desparramaba por las aceras de aquel laberinto. En el urinario de un bar de moda pasaba consulta un psiquiatra famoso y la cola de pacientes llegaba hasta la pila de cajas de Coca-Colas, fregonas y detergentes que había en el hueco de la escalera y a este doctor le hacían la competencia los videntes argentinos, echadores de cartas, lectores de Tarot, intérpretes del iris del ojo, fabricantes de cartas astrales y jovencitas pálidas que repartían folletos en las esquinas invitando a los transeúntes a una sesión de espiritismo o a un viaje al Tíbet. Estos seres del barrio del Carmen subyugaban a Martina que sólo estaba acostumbrada a verse con los borrachos de siempre, con náufragos de taberna y no con estos peces y aves de otro paraíso; en cambio a Ulises los pasajeros nocturnos del barrio del Carmen le parecían una reproducción de los mitos clásicos. Estaba excitado. En la farmacia botillería Sant Jaume bebió Ulises como un hombre el primer ron con hielo. Martina pidió un cubalibre. Bebieron los dos muy sucintamente pero fue suficiente para que la chica en la bruma de la media ebriedad reclamara a su compañero un amor eterno y otras cosas que nadie sabe si se pueden cumplir.

—Si un día me pierdo, búscame en este barrio, tumbado en un almohadón y con una botella de ron en la mano —le dijo Ulises.

—No te voy a perder nunca —contestó Martina.

—¿Cómo dices eso?

—Porque lo sé. Dime que me quieres.

—¿Qué?

—¿Cómo que qué? Llevo un hijo tuyo aquí en la barriga desde hace tres meses, acabamos de casarnos y todavía no me has dicho que me quieres. Anda, dímelo de una vez. ¿Me quieres?

—Lo que digan las cartas.

—¿Cómo?

—Quiero que aquella mujer nos lea las cartas para saber si te quiero —dijo Ulises señalando a una pitonisa que ejercía de adivina en una esquina de la plazoleta del Tossal.

En las cartas que les echó la argentina primero se descubrió un rey de diamantes y eso fue interpretado como que Martina un día sería una reina llena de riqueza y a continuación la adivina levantó un as de corazones, cosa que según el lenguaje de los naipes significaba que Ulises tenía que vencer un gran peligro hasta conquistar el amor de la reina.

—¿A qué reina se refiere usted? —le preguntó Ulises.

—A esta que tienes a tu lado —contestó la adivina.

—¿Lo ves? Me tienes que conquistar —exclamó Martina.

—Ésta es la muerte —murmuró de pronto la adivina descubriendo un caballo de picas.

—¿El caballo? —preguntó Ulises.

—Sí.

—¿Te das cuenta, Martina? Buscábamos un caballo en el fondo de la cueva. Mira dónde aparece. Era la muerte. ¿Quién de los dos morirá primero? —preguntó Ulises riendo.

—Sólo veo un viaje. En las cartas la muerte sólo es un viaje.

—Todos los adivinos dicen lo mismo.

—Señora, dígame si este hombre que tengo al lado me quiere —preguntó Martina.

—Veamos. Depende de la carta que salga.

—A ver.

—El ocho de trébol.

—¿Qué significa ese ocho? —exclamó Martina.

—No, este hombre no te quiere. A menos que tú lo mates y luego lo devores.

Cuando regresaron a casa, después del viaje de novios, el verano ya había quebrado su fulgor harinoso y en septiembre Ulises tuvo exámenes en el Instituto y Martina se trasladó con su marido a otro piso más amplio del barrio de pescadores. Para la pareja comenzó una vida anodina, una sucesión de días y noches sin relieve alguno, que sólo se alteraba por el vientre que a la mujer le crecía por dentro y por la ilusión que Ulises tenía de comprar una barca.

Pronto le tomó apego Ulises a la barra de la taberna. En las horas libres que le dejaba la tarea en el Instituto y también los fines de semana el joven profesor servía copas detrás del mostrador como uno más de la familia y puesto que ya había comenzado a beber como un hombre le fue retirado el apodo de Cazalla; ahora le llamaban simplemente Ulises el Navegante, porque todo el mundo sabía que su única obsesión era salir al mar.

Por el ventanal de su aula en el Instituto se veía toda la escollera y los barcos que entraban y salían por la bocana del puerto mientras impartía las clases y sus alumnos aprendían los nombres de los héroes. Bastaba con que en el fragmento de alguna narración saltara la referencia a cualquier embarcación de aquellos primitivos navegantes de la mitología para que Ulises por simple asociación de ideas recordara que esa misma tarde había concertado una cita para que le mostraran una barca que estaba en venta.

En llegando a la nave y al divino mar, echamos al agua la negra embarcación, izamos el mástil y desplegamos las velas; cargamos luego reses y por fin nos embarcamos nosotros muy tristes y vertiendo copiosas lágrimas... Colocados cada uno de los aparejos en su sitio, nos sentamos en la nave. A ésta conducíala el viento y el piloto y durante el día fue andando a velas desplegadas hasta que se puso el sol y las tinieblas ocuparon todos los caminos...

La taberna era un punto ideal para enterarse de las oportunidades de este mercado de segunda mano. Los clientes asiduos estaban advertidos. Por su parte Ulises recorría cada tarde los muelles y pantalanes del puerto deportivo municipal donde estaban atracados desde los yates más lujosos hasta los botes ínfimos y algunos tenían un cartel de venta. La compra de una humilde barca se había convertido en la mente del profesor en una profunda meditación. Mientras buscaba cualquier oportunidad en el mercado de segunda mano Ulises se preguntaba por qué navegar por el Mediterráneo se asimilaba constantemente a un hecho feliz cuando en los textos mitológicos el acto de embarcarse siempre va acompañado de lágrimas en los ojos y de terror en el corazón de los héroes. Por las tardes Ulises solía pasear con Martina por aquel laberinto de pantalanes en medio de una extensa población de embarcaciones buscando un pequeño bote a la medida de sus sueños y siempre que hacían este recorrido Martina se detenía a contemplar el *Son de Mar* cada vez más envejecido en un extremo del náutico. Su dueño, un tendero de Valencia, parecía haberlo abandonado a su suerte en aquel punto de amarre de donde no se movía en varios años.

Dudaba demasiado. El otoño iba dorando su luz por completo y Martina pensó si no nacería su hijo antes de que Ulises empezara a navegar. Los días grises llegaron. Detrás de la barra Martina lucía un embarazo magnífico que le había puesto el rostro radiante y todo el mundo la felicitaba por su belleza y por el don que iba a llegar pero ella sabía que Ulises estaba cada vez más lejos de su vida y pese a ese despego de su marido la mujer se sentía atada a él con un instinto animal. Aquel tipo enclenque, desgarbado y miope había dominado el corazón de una de las chicas más atractivas de la localidad y ni ella misma se explicaba ese dominio que sólo atribuía al poder de las fábulas. Pensaba que tal vez cuando el hombre consiguiera una barca y saliera al mar encontraría un poco de sosiego y volvería a ella. Tal vez cuando su hijo naciera el hombre dejaría de lado las fábulas de los clásicos y le haría de nuevo partícipe de sus sueños. Mientras tanto Martina paseaba el vientre de una esquina a otra del mostrador.

Un día Ulises volvió eufórico a casa. Por fin había encontrado la barca ideal, de cinco metros de eslora, tipo llaud o mallorquina, de borda alta y amplia bañera, con un palo para la vela mayor y un foque, con un motor de gasoil y casco de madera, con un pequeño camarote donde podría guardar los aparejos de pesca e incluso tumbarse a dormir: cada una de estas propiedades las iba gritando Ulises por el pasillo de casa y a mitad de camino estos gritos se unieron a los alaridos de Martina que salían de la habitación y allí Ulises encontró a su mujer que acababa de romper aguas y se estaba dilatando en brazos de su madre y de unas amigas.

El hijo de Ulises y de Martina nació perfectamente. El parto se había desarrollado con normalidad y la madre también recitaba las propiedades de aquella criatura, cuatro kilos de peso, ojos negros, la nariz del padre, la boca de la madre, la barbilla del abuelo como si se tratara de una pequeña embarcación que se acababa de botar en el proceloso mar de la vida, aunque al parecer había sido más fácil engendrar y echar al mundo a un hijo que encontrar una barca en buenas condiciones sin servidumbre alguna al gusto de un navegante imbuido por la teoría del héroe.

La embarcación ideal con la que Ulises había soñado pertenecía precisamente al marinero Jorgito el Destripador, que tuvo que venderla para poder pagar la estancia en el psiquiátrico. Estaba inhabilitado jurídicamente a causa de su locura pero su hermana tenía poderes para realizar cualquier transacción. Sólo había un problema. Jorgito amaba aquella barca más que a nada en el mundo y, aunque no estaba ya en condiciones de navegarla, durante los días de permiso se pasaba las horas muertas en el pantalán contemplándola con una mirada perdida.

Como la necesidad de vender la embarcación era ineludible la hermana sólo esperaba que la enfermedad de Jorgito entrara en una fase de dulzura para poder comunicarle esa decisión sin que se alterara demasiado. En principio no planteó ninguna dificultad. Cuando la hermana le insinuó que había que vender la barca el pobre demente agachó la cabeza con resignación y se puso a reír violentamente pero en este caso reír significaba llorar, según lo interpretaban quienes le conocían bien. Después guardó silencio y al final preguntó:

—¿Quién va a comprar *El Destripador*?

—Ulises, el de Martina —contestó la hermana.

—¿Sabe navegar?

—Todavía no sabe.

—Yo le voy a enseñar —dijo Jorgito esta vez sin llorar ni reír.

La compra planteaba otro problema. Martina quería dar su nombre a esa barca porque trataba así de estar ligada a aquel sueño de su marido, pero Jorgito decía que cambiar el nombre de una embarcación daba muy mala suerte. A pesar de su advertencia de malos augurios, un día en que a Jorgito le dieron permiso en el manicomio, al volver a casa se encontró con Ulises sentado en el pantalán pintando en la popa de la barca unas letras de color añil sobre el antiguo nombre *El Destripador de los Mares* que ya había borrado. Lentamente iban apareciendo los nuevos caracteres de pintura bajo la atenta mirada de Jorgito, que no hacía más que mover la cabeza como presagiando una desgracia, pero fue el propio Jorgito, cuando por fin el nombre de *Martina* estuvo terminado, quien tomó la iniciativa de bautizarlo rompiendo contra el casco de la barca una botella de ginebra. Esa misma mañana comenzó la primera lección.

Estaba previsto que fuera el viejo pescador Quisquilla el instructor de Ulises, pero una de las condiciones para que el demente se mantuviera tranquilo era que éste enseñaría a navegar a su sucesor. En cuanto la barca *Martina* estuvo un poco aseada Jorgito se sentó a la caña y comenzó a impartir la enseñanza. Ulises aprendió a desatracar, a gobernar someramente el timón y a pilotar la embarcación por la dársena del puerto. Las lecciones de vela vendrían más adelante.

Cuando Ulises y el demente Jorgito salieron por la bocana juntos por primera vez ambos tuvieron una sensación contraria: a Ulises la mar abierta comenzó a ofuscarle ligeramente la mente y a alterarle el pulso mientras una mezcla de salvaje alegría y de terror se apoderaba de su cuerpo; en cambio a Jorgito aquella inmensidad azul, que esa mañana estaba en calma, parecía haberlo sedado, de forma que había dejado de reír y se comportaba como un tranquilo lobo marino lleno de experiencia y sabiduría. Ulises era consciente de que estaba a merced de la locura de Jorgito y de la irracio-

nalidad del mar. A ninguna de estas dos po-
tencias había que desafiarlas.

Navegaban apaciblemente por la bahía
una mañana soleada de invierno y la barca
Martina ya tenía el casco pintado de negro, la
proa de azul y dos ojos dibujados, uno en cada
amura, según costumbre del Mediterráneo que
venía del antiguo Egipto en homenaje a Ra, el
dios solar, y que habían copiado los barcos ho-
méricos. Se había instalado una suave ventoli-
na y bajo las órdenes del demente Jorgito, que
en ese momento estaba también en calma, Ulises se dispuso a hacer prácticas de navegación.
Izó la mayor y después el foque. El sonido de
las olas en el casco y del viento en las velas, la vi-
bración de las jarcias y el ligero quejido de la
crujía junto con el bullicio de la estela que dejaba la pala del timón, todo parecía haber sido
creado para la dicha. ¿Por qué llorarían siempre
los héroes de la mitología antes de embarcar?

El perfil de la costa aparecía nítido aquella mañana de invierno y Ulises ya se había
acostumbrado a conocer la tierra desde el mar
abierto. Al norte, según veía el puerto y el castillo, se extendían las playas largas y las primeras urbanizaciones que estaban empezando a
construirse; al sur se abrían las calas desnudas,
los farallones y montículos poblados de pinos
y chalets que llegaban hasta el macizo del acantilado similar a un poderoso vástago de tonali-

dades rojizas. Detrás de la costa se divisaban unos montes de humo azul, uno de cuyos alvéolos era el valle alto de la Alcudiana donde él y Martina habían descubierto la cueva del Caballo junto a la majada de un cabrero. Cada uno de aquellos accidentes del litoral formaba una misma masa con su memoria, como ahora el agua azul comenzaba a diluirse en su vida.

—Procura que el catavientos señale el centro de la mayor —le dijo el demente Jorgito.

—¿Qué hago? —preguntó Ulises.

—Ciñe un poco. Tienes que sentir la tensión de la caña en el puño.

—¿Así?

—Ahora va mejor. Dentro de poco serás un navegante.

—Tengo que practicar mucho más —dijo Ulises.

—De pronto un día sentirás que el viento pasa por dentro de tu cuerpo antes de que llegue a la vela y, cuando percibas esa sensación, ya no habrá nadie que pueda enseñarte nada. Entonces dependerá todo de tu inspiración.

Se deslizaba suavemente aquella mañana soleada de invierno y Ulises sentía la armonía de la naturaleza, el viento salobre, el perfume de erizos. En el silencio del mar, pese a la dulzura de la travesía, a este profesor de literatura clásica le dio por pensar que navegaba hacia el país de los muertos para visitar la tenebrosa morada de Hades, sólo por oírse por dentro aquellas maravillosas palabras:

...por detrás de la nave de azulada proa soplaba favorable viento, que henchía las velas, buen compañero que nos mandó Circe, la de lindas trenzas, deidad poderosa, dotada de voz...

Iba recitando en su memoria aquel pasaje de la rapsodia undécima de la *Odisea* cuando Jorgito, que hasta ese momento se había mantenido sereno, comenzó a decir que a flor de ola, a no mucha distancia, veía un toro negro.

—¿Un toro negro? —preguntó Ulises.

—Un toro negro.

—Puede ser una nube.

—El cielo está limpio. No es una nube.

—Puede ser un madero o un bidón —insinuó Ulises.

—No es un madero ni un bidón. Detrás del toro viene un enorme ganado de toros negros —dijo para sí mismo Jorgito sin mirar el horizonte sino las propias rodillas.

—Puede haber tormenta —comentó Ulises.

—Puede haber tormenta —repitió Jorgito.

Ulises sabía que la mente de su compañero de navegación podía esconder el más terrible de los meteoros y trató de que no se alterara dándole la razón en todo, pero Jorgito, de pronto, comenzó a decir que ahora veía a una mujer que venía caminando sobre las aguas y detrás de ella navegaba en rumbo de colisión un bergantín de bucaneros.

—Tú eres un gran marinero, Jorgito, no puedes ver toros ni sirenas ni barcos fantasmas en el mar.

—¡¡Vira, vira!! —gritó Jorgito.

—No veo nada.

—¿No la ves, imbécil? ¡¡A estribor!!

—Ahora sí la veo —exclamó Ulises tratando de calmarlo.

—¡¡Novack, Novack, Tatum Novack!! —comenzó a gritar el demente.

Sobre el mar en calma, que tenía una sonoridad neumática, dentro del cuerpo del demente Jorgito se estableció de repente una tempestad que le obligaba a soltar carcajadas y a pronunciar a gritos el nombre de aquella estrella de Hollywood y aquellas voces se perdían en el horizonte pero estaban a punto de hacer zozobrar la barca. Ulises tuvo que simular que veía un bergantín de bucaneros cargado con aquellos artistas de la película, uno de los cuales era el extra Jorgito caracterizado de pirata con el pecho desnudo, el parche en el ojo y el pañuelo en la cabeza. Jorgito gritaba desaforadamente llamando a Tatum Novack y cuando la estrella se perdió en el fondo del agua, a medida en que la visión se fue esfumando y el bergantín también desaparecía, el demente iba recobrando la serenidad hasta que quedó dulce y paralizado como aquel mar en calma. Ulises entendió que había pasado el peligro de zozobrar y sólo entonces volvió a decirse por dentro:

...¿quién podrá ver con sus propios ojos a una deidad que va o viene, si a ella no le place?

—La has visto, ¿verdad? —le preguntó Jorgito interrogándolo con ojos desvalidos.
—Claro que la he visto —contestó Ulises.

...sucedió un tiempo de tedio
hasta que una mujer ardió en el mar
llevándose a Ulises y después de esta llama
sobrevino una década oscura...

Cada año llegaban más turistas a Circea hasta el punto que la locura creciente de los veranos ya no cabía en los basureros. Las montañas empezaban a cubrirse de chalets, los bloques de apartamentos se alzaban a lo largo de las playas como una enorme pared llena de banderas que eran toallas y calzoncillos, las discotecas hacían resplandecer de noche los primeros rayos láser en medio de los naranjos y por todas partes surgían restaurantes, terrazas y cafeterías. La canícula olía a bronceador de coco y en este caldo nadaba a sus anchas Alberto Sierra, un adelantado de la especulación en esta comarca.

Los veranos pasaban, los turistas se iban cuando finalizaba agosto dejando las playas sucias y el mar fatigado, cesaba el bullicio de las fiestas pero el sonido de las excavadoras y hormigoneras, así como las canciones de los albañiles en los andamios, continuaba frenéticamente durante el invierno, de modo que al llegar de nuevo el calor las sucesivas oleadas de extranjeros cada año más copiosas se encontraban con que esta pequeña ciudad del litoral había crecido de forma desgarrada y más laderas de montes, más calas y arenales salvajes habían sido ganados por el cemento. El brillo de la quijada y la cadena de oro en el pecho abierto y cuadrado de Alberto Sierra constituían el símbolo del desarrollo de esta ciudad. Ambas realidades iban creciendo a la par y del mismo modo.

El aprendizaje de la navegación y el ejercicio de la pesca coincidieron con un largo tiempo de tedio en el ánimo de Ulises Adsuara que seguía explicando los clásicos en el Instituto y tiraba del carrito del bebé los domingos por la tarde junto a Martina por el paseo de las Palmeras y cualquiera podía comprobar que llevaba siempre la mirada perdida. Es posible que para Ulises aquellas tardes de domingo no tuvieran otro aliciente que ver cómo la brisa del crepúsculo se llevaba los papeles de la calle hacia la oscuridad de la noche.

El profesor Ulises Adsuara tenía el mar insondable ante sus ojos en el ventanal del aula, pero el mar real lo constituían sólo unas pocas millas que él navegaba algunas mañanas de domingo en la barca *Martina* tratando de sacar alguna dorada, lubina, pajel o atún, según la temporada. Había aprendido someramente el deporte de la pesca. Sabía preparar artes, anzuelos y sedales propicios a la pieza que pensaba capturar, conocía la distinta voracidad de los peces, sus gustos y apetencias correspondientes a cada carnaza y aunque como pescador no era ninguna autoridad su opinión se escuchaba sin levantar chanzas entre los clientes de la cantina. En cambio nadie le concedía ningún porvenir como navegante propiamente dicho, tal vez porque su imaginación desbordante de aventuras y travesías sobrepasaba con mucho el tamaño de su embarcación de cinco metros de eslora, con una vela y un foque raquíticos y el casco de madera que hacía aguas.

—Algún día esa barca te dará un disgusto. Deberías cambiarla por otra más segura —le dijo el marinero Quisquilla.

—Para lo que la quiero, me sirve —contestó Ulises.

—La quiere sólo para no estar en casa —exclamó Martina poniéndole el chupete al niño que no cesaba de berrear en la cocina.

—Oye, yo soy un marinero. Otros se pasan meses e incluso años perdidos en la mar enrolados en mercantes y bacaladeros. Cuando salgo a navegar siempre vuelvo a casa. No te puedes quejar.

—Eres un marinero dócil, sí, señor —dijo Basilio mientras pasaba el trapo por el mármol de la barra.

—Mala cosa cuando a un navegante le dicen eso —comentó Quisquilla rascándose el cráneo bajo la gorra.

—Tú dale alas, Quisquilla. Lo que le faltaba a éste, que le den alas —le gritó Martina al marinero muy soliviantada.

—Oye, si necesito volar lo puedo hacer a pie.

—Déjalo correr, Quisquilla. Son cosas entre ellos —murmuró Basilio.

—¿Te crees un marinero domado? —preguntó Martina.

—Me creo un navegante todavía sin imaginación —contestó Ulises—. Navegar y no ser libre no lo podré soportar.

Después de los días de invierno llegaba otra vez la melaza de primavera y ésta cedía paso al fulgor gelatinoso del verano y luego se establecía la luz de moscatel del soleado otoño que comenzaba a alargar las sombras y la pasión de Ulises al principio quedó reducida a ver engordar a su hijo Abelito dentro de la cuna y a tirar del carrito con la criatura junto a Martina las tardes tediosas de domingo con la imaginación alimentada por el horizonte del mar.

De noche en la cama Martina continuaba exigiendo a su marido que le contara historias inventadas o sacadas de los libros, pero la desgana de Ulises cada vez era más acusada y no se correspondía con la necesidad que sentía la mujer. Ella le reprochaba que sólo tuviera cabeza para pensar en la barca y no en su cuerpo, de modo que frente al silencio de su hombre

Martina pronto comenzó a desarrollar fantasías solitarias en la oscuridad de la habitación y mientras las lecciones de los clásicos en el Instituto se habían convertido para Ulises en una rutina, de la que sólo le rescataba su pequeña barca de pesca en las travesías de cada mañana de fiesta, Martina se había habituado a soñar por su cuenta y una de sus obsesiones consistía en ir al pantalán donde estaba atracado el *Son de Mar* y pasar las horas contemplando aquel barco cada vez más destartalado que un día fue el castillo de su héroe. Era una forma de mantener el amor, pero se llenaba de melancolía al ver la cubierta llena de polvo, el casco podrido de caracolillo y la rueda descalabrada del timón que Martina asimilaba a un sueño que también se desvanecía.

Así se sucedían los días de tedio cuando uno de aquellos inviernos, después de varios años de su estreno por todo el mundo, llegó por fin a Circea la película angloamericana *Donde la tierra termina* rodada en la dársena del puerto y en la explanada frente a la cantina. El pase de la película en el cine Coliseo fue un acontecimiento popular que agitó la soledad de aquellas semanas de frío y a la vez removió el fondo del alma de muchos espectadores que se vieron en la pantalla al cabo de mucho tiempo de haber sido filmados. Algunos extras ya habían muerto y otros estaban irreconocibles bien porque habían engordado mucho, bien porque habían envejecido demasiado. De pronto el patio de butacas se llenó de espectros la noche del estreno.

Aunque era imposible aislarse de los gritos y aplausos que levantaban entre el público las secuencias donde aparecía algún paisano vestido de bucanero, Ulises quedó sobrecogido cuando, de pronto, vio a Martina en la pantalla. La escena duraba apenas un minuto. Se veía a Yul Brynner entrando en una taberna y a Martina adolescente detrás de la barra. El héroe de la película le señalaba una botella de ginebra en el anaquel y la chica la bajaba, le llenaba el vaso y Yul Brynner le tomaba la mano temblorosa para que no se derramara la bebida mientras la miraba con toda la intensidad a los ojos y le sonreía con una dentadura resplandeciente.

Esta escena produjo una enorme ovación en los espectadores. A Martina le dio un vuelco el corazón ante la sorpresa de verse en imagen. Metida en el fondo de la butaca comenzó a llorar mientras el público aplaudía. Habían pasado siete años desde que se rodó la película, los suficientes para que aquella adolescente de la taberna de piratas se hubiera convertido en una madre sazonada, que se resistía a perder los sueños. El héroe había vuelto. Después de tantos años de desearlo Yul Brynner había llegado en su ayuda en un momento en que el amor de Ulises se estaba apagando.

Cuando salieron del cine era medianoche. Las calles de Circea estaban desiertas y barridas por una ola de frío polar que había llegado inesperadamente al Mediterráneo. Un viento de cuchillo levantaba los papeles que la tarde de domingo había dejado en la calle alrededor de una tómbola y de los puestos de pipas y caramelos. Iban caminando ateridos en silencio cuando Ulises, que llevaba a su hijo dormido en brazos, dijo desde el fondo de la bufanda:

—Nunca me has contado que también salías de extra en la película. Creí que aquella escena con Yul Brynner fue real, que nunca había sido filmada.

—Yo también lo creía hasta que me he visto en la pantalla —contestó Martina.

—¿Cómo dices eso?

—Vas a pensar que estoy loca. Yo no he rodado nunca esa escena. Cuando Yul Brynner entró en la taberna era una mañana de domingo. No había rodaje. Nunca me han filmado en esa escena.

—¿Nunca? —exclamó Ulises.

—No intervine en esa película. Yul Brynner entró en la taberna como un cliente particular.

—¿Cómo puedes explicarlo? —preguntó Ulises.

—No puedo.

—¿Y has llorado por eso?

—Se llora cuando las cosas que una sueña se realizan. He deseado tanto que Yul Brynner me volviera a mirar de esa forma a los ojos, que me sonriera y que me tomara otra vez de la mano que por fin eso ha sucedido realmente en la pantalla.

—¿Realmente? Se trata sólo de una película.

—Bueno ¿y qué? Ha salido en el cine. Eso quiere decir que se habrá producido alguna vez. Mi héroe ha vuelto para salvarme.

—Eras casi una niña —murmuró Ulises.

—No creas. Ya tenía el corazón de caballo. Nunca he sentido nada igual desde entonces.

—¿Conmigo tampoco?

—Tú no me quieres, no me has querido nunca, Ulises. Atrévete a negarlo. Si me quisieras sabrías lo que soy capaz de hacer por tenerte.

La gente que se cruzaba con ellos en la calle felicitaba a Martina por la actuación y ella se sentía angustiada y conmovida a la vez. Al llegar a casa le sobrevino una fiebre violenta, estuvo postrada en cama con cuarenta de fiebre toda la semana como aquella vez, con una fiebre que era real, y cuando se levantó ya habían quitado la película del cine Coliseo aunque el anuncio permaneció mucho tiempo pegado a la fachada. Martina pasaba muchas veces por delante de ese cartel para recordar aquella emoción pero con el tiempo fue cubierto con el anuncio de otras películas, de otras aventuras, de otros sueños, y al final todo volvió a ser para ella una memoria de fantasmas.

Martina fue una heroína para los clientes de la taberna durante unos meses, fama que compartió con Jorgito el Destripador. La gente recordaba los aullidos que lanzaba este enamorado durante la proyección desde la oscuridad de la sala. Cuando en la pantalla aparecía la protagonista Tatum Novack, del patio de butacas emergía un alarido estremecedor seguido de una carcajada angustiosa. Los días en que duró la proyección Jorgito estuvo pendiente de cualquier mínimo movimiento de aquella estrella de Hollywood. Hacía de dama inglesa extremadamente fina, esposa del gobernador de una de las Guayanas que se enamora del corsario Yul Brynner. Tomaba el té con una elegancia suprema, hablaba con mucha educación, moviéndose de forma muy delicada y de pronto engañaba al marido con una soltura increíble. Jorgito estaba allí para vigilarla poseído por el último grado de su demencia y cada día su carcajada era más desgarradora hasta el punto que nadie sabía ya si reía o lloraba. Muchos cruzaban apuestas sobre la naturaleza de aquellos gruñidos tan ambiguos. Cuando la película dejó de proyectarse algunos marineros en la taberna El Tiburón gritaban el nombre de Tatum Novack como quien juega a cara o cruz. En ese momento Jorgito estaba bebiendo en la barra el ron que le había servido Martina.

—Apuesto mil duros a que aúlla —decía uno poniendo el billete sobre la mesa.

—Yo, a que suelta una carcajada —decía otro cubriendo la apuesta.

—Yo, a que se queda como si nada —decía un tercero.

—Eso son ganas de tirar el dinero. Es imposible que Jorgito oiga el nombre de esa artista y se quede callado.

—¿Alguien pone más? Hagan juego, señores.

Cuando todo el dinero ya estaba cruzado en una mesa de marineros borrachos, de pronto, uno de ellos lanzaba con voz de aguardiente el nombre de ¡¡¡Tatum Novack!!! por el aire sobre el bullicio de los bebedores. Al oírlo Jorgito se agarraba al vaso de ron para no caerse del taburete, hundía la barbilla en el pecho, se mantenía sumido unos segundos como meditando y al mismo tiempo que de sus ojos saltaban unas lágrimas muy espesas que le bajaban visiblemente por todo el rostro lanzaba una carcajada que era ya un estertor, de modo que en la mesa de las apuestas se producía el desconcierto.

—Ha sido risa —decía uno.

—Ha llorado —decía otro.

—Ni una cosa ni otra. Ha habido empate.

—Ni hablar.

Jorgito permanecía ajeno a las apuestas que ejercían los marineros sobre el azar de su locura pero Martina se había dado cuenta de este juego y llena de compasión un día se acodó en la barra, le tomó de la mano y allí los dos separados por el vaso de ron la chica le volvió a repetir que era el pirata más guapo que había visto nunca en el cine. Jorgito le dijo que ella también era muy hermosa, tanto como Tatum Novack. Realmente los dos parecían unos seres bellísimos en la película, Jorgito con el pecho desnudo y el pañuelo en la cabeza, ella como una adolescente cantinera detrás de este mismo mostrador sirviéndole una copa al héroe.

A medida que la demencia de Jorgito se hacía más profunda su sonrisa era más tierna y su actitud más pacífica y aunque sus aullidos o carcajadas fueran aterradores él se había convertido ya en un inocente que era querido por todos.

—Un día vi a Tatum caminar sobre las olas.

—¿De veras? —exclamó Martina.

—Un día en que íbamos navegando Ulises y yo —dijo Jorgito.

—¿Y él también la vio?

—También.

—Nunca me lo ha contado. Mi marido ya no me cuenta nada. ¿Cómo era?

—Venía vestida de rojo como un fuego sobre el mar.

—Tuvo que ser bonito. Me gustaría parecerme a ella —murmuró Martina.

—Y de pronto desapareció.

Tal vez fue ese día el último en que habló Jorgito con cierta coherencia. Antes de sumirse por completo en la más profunda locura que se expresaría a partir de entonces con una risa convulsa le contó a Martina que Ulises y él habían tenido esa aparición en alta mar, una mañana de fiesta, durante las calmas de enero, en que Jorgito le estaba enseñando a navegar en su barca. De repente vieron emerger desde la bruma dorada la silueta de una mujer que se les acercaba caminando sobre las olas y era ella, Tatum Novack, que venía a invitar a su amante a subir a bordo del barco de bucaneros para llevarle muy lejos.

—Debiste ir con ella —le dijo Martina.

—Sí —contestó el demente.

—¿Por qué no lo hiciste?

—Le estaba enseñando a navegar a Ulises. Yo le decía que uno no aprende a navegar hasta que no siente que el viento pasa por dentro de uno mismo y en ese momento fue cuando vimos a la mujer.

—¡Cuántos sueños! Ese viento se lo acabará llevando —murmuró Martina.

—¿A quién?

—¡Dios mío, cuántos sueños! —exclamó de nuevo la chica detrás de la barra—. Mi marido nunca me ha contado que vio a esa mujer caminando en medio del mar. Ya no me cuenta nada. Antes no paraba de contarme hazañas y visiones. Ese viento se lo acabará llevando de mi lado. Me gustaría ser esa mujer.

Desde el fondo del local volvió a sonar el nombre de Tatum Novack pronunciado con voz de apuesta en medio del vaho de alcohol y esta vez Jorgito se puso a llorar, a reír, a aullar, a rugir, y no encontraba forma de parar mientras en aquella mesa de la cantina los marineros se cambiaban los billetes de mano. Fue la última vez que Jorgito habló todavía como un enamorado de palabra. Ulises esa noche volvió muy tarde a casa cuando Martina llevaba varias horas soñando.

En la primavera de ese año, bajo la peste del azahar que se presentó de nuevo, no se hablaba de otra cosa en la taberna de Martina que de la mansión que acababa de construirse Alberto Sierra en lo alto de un cerro y de la fiesta que pensaba dar en su inauguración. La residencia tenía más de una hectárea de jardín y la casa era de estilo pompeyano con frontón

de ninfas danzantes y pórtico de columnas corintias, grandes salones con vigas de convento
y baldosas de balneario blancas y negras, ga-
lerías de cristal y piscina de riñón con gruta
iluminada donde había tres peces de alabastro
que vertían chorros de agua, una escena presi-
dida por un Neptuno con tridente de tamaño
natural y varios diosecillos, gnomos o setas de
barro esparcidos por el césped. El jardín era
de tipo francés con setos de enebro trasquilado
formando geometrías que sólo se rompían con
la masa de varios sauces llorones, pinos, prunos
y algarrobos y se componía de sucesivas terrazas con un panorama abierto a todo el golfo de
Valencia, a varios montes azules con sus valles
de humo y a la silueta de Ibiza cuando el día
era claro.

Nadie era alguien en Circea si no estaba
invitado a aquella fiesta de inauguración. Los
últimos retoques en la decoración y el retra-
so de los muebles fabricados a propósito fueron
demorando la apertura de la casa hasta la mitad del verano pero finalmente todo estuvo
listo. Ulises y Martina recibieron la invitación
con una tarjeta de cartón ribeteado en oro que
les permitiría codearse por una noche con todas
las fuerzas vivas de la ciudad, políticos municipales, comerciantes, constructores, un ministro
veraneante, turistas importantes, y así hasta medio centenar de ilustres invitados. Pese al calor

del verano a los caballeros se les exigía esmoquin
y a las damas traje de noche, todo muy formal
como corresponde a un tipo que quiere picar en
las alturas.

En lo alto del cerro la mansión de Alberto Sierra brillaba como un navío de lujo y en la
carretera que conducía a él se había producido
un atasco de coches antes de que llegara el
grueso de los invitados y desde lejos se oía la orquesta que tocaba la rumba *El manisero* cuya
melodía llegaba hasta la ciudad bajando por diversas colinas. Ulises se puso el esmoquin que
le había servido para casarse, condecorado todavía con una mancha en la solapa. Martina
había salido del paso con un vestido de piqué
floreado que le había cosido una amiga costure-
ra. Cuando la pareja llegó a la fiesta ya el jardín
se hallaba tupido de invitados y sobre las cabezas de aquel gentío de la buena sociedad pasaba
un haz de rayos láser que al chocar contra los
sauces llorones extraía de ellos una lumbre de joyería. De estos árboles colgaban centollos, nécoras, cigalas y langostas, toda clase de crustá-
ceos engarzados en sus ramas y los invitados no
tenían más que alargar el brazo para despren-
derlos y degustarlos de pie sobre el césped men-
tolado; al lado de la piscina estaba la mesa del
bufé y al fondo del jardín humeaba la barbacoa
alimentada por fogoneros profesionales; camareros de calzón corto pasaban las bandejas de

bebidas y cuando uno de ellos llegó a la altura de la pareja, Ulises escogió un whisky y Martina se decidió por un zumo de tomate. Luego los dos se perdieron en el bullicio de la fiesta.

En medio de tantos saludos y abrazos de compromiso Alberto Sierra se tomó el tiempo necesario para enseñarle la mansión a Martina llevándola del brazo con la vanidad de un pavo por todas las salas hasta la habitación de huéspedes que tenía espejos labrados y una cama con dosel comprada en un anticuario donde al parecer había dormido el rey Alfonso XII.

—Si no se te hubiera llevado ese profesor canijo todo esto hoy sería tuyo —le dijo Alberto.

—Ya ves —exclamó Martina.

—¿Le quieres todavía?

—Claro.

—No sé qué tiene ese jodido esmirriado.

—Los hombres no entendéis nada. Nunca sabéis lo que nos vuelve locas a las mujeres —dijo Martina desde el otro lado de la cama.

—No quiero insinuar nada, pero yo que tú andaría con ojo —murmuró Alberto.

—¿Por qué dices eso?

—Bueno, he oído cosas. Ulises es muy amigo de ese maricón del Instituto. Dile que lo deje. Los han visto juntos en un bar de Valencia, en el barrio del Carmen. Ya sabes.

Después de hablar así, con la mejor sonrisa que pueda utilizar un multimillonario simpático, pletórico, joven y feliz, Alberto llevó a Martina a su propia habitación para mostrarle el enorme lecho de soltero que tenía el cabezal en forma de concha de nácar abatible y dos negros de ébano a los pies sosteniendo unas antorchas doradas.

—Después de todo Ulises me cae bien. Si un día quiere cambiar de trabajo podría ser mi contable.

—Gracias, pero no creo que sepa contar hasta cien —dijo Martina.

—Entonces ¿por qué quieres a un hombre que no sabe ganar dinero?

—Sabe contar historias. Estoy un poco loca ¿entiendes? A veces me doy miedo yo misma. No me gusta hablar de estas cosas. ¿Dices que lo han visto en un bar de Valencia? —preguntó Martina con una tristeza indefinida en los ojos.

—Tampoco hagas mucho caso. Son cosas que se dicen —dijo el millonario despechado.

Cuando Martina salió de nuevo al jardín la orquesta hacía sonar con mucho ritmo una canción que decía: *Yo no sé, yo no sé, que será / lo que tiene de sabroso el chachachá,* y desde el pórtico de columnas corintias descubrió que Ulises departía confiadamente al borde de la piscina con una mujer joven, quemada por el sol, vestida de rojo como una llama, con pinta de extranjera. Se hablaban con cierta familiaridad y Ulises se señalaba el propio reloj como fijando la hora de una cita, pero cuando Martina se acercó a ellos pudo comprobar que su marido le estaba contando a aquella desconocida el caso del atún que viajó hasta la isla de Sumatra.

Los rayos láser daban pasadas lamiendo las cabezas de todo el mundo y extraían reflejos fosforescentes de las joyas de las mujeres y de las solapas de seda de los caballeros y las mismas luces sacaban de los caparazones de las cigalas y langostas, nécoras y centollos que pendían de los sauces llorones convertidos en marisqueras. Bajo esa noche de jazmín la gente bailó hasta la madrugada y muchos comentaron que ya estaban bajando los primeros atunes del golfo de León. Luego en la cama Ulises y Martina se hablaron de forma incomunicada como lo hacen los amantes que han llegado ya al final de un camino.

—¿Quién era esa mujer? —preguntó Martina.

—Duerme —contestó Ulises en la oscuridad.

—¿Quién es?

—Nadie.

—Es muy guapa. No sabía que tenías esas amistades.

—Mañana voy a ir a pescar. Te traeré el primer atún de la temporada.

—¿Me quieres? —murmuró Martina acercando su cuerpo al de su marido.

—Te traeré el primer atún. Ésa será la prueba de que te quiero —dijo Ulises desnudo en la cama.

—¿Quién era esa mujer?

—Nadie.

—Si mañana traes ese atún que me has prometido, cuando vuelvas para comer, yo freiré unas patatas como a ti te gustan, pero dime que me quieres y que no hay otra mujer.

—No —contestó Ulises.

Ese domingo por la mañana Ulises se levantó con buen ánimo y mientras Martina aún dormía desayunó un café con leche en la cocina, luego se preparó un bocadillo de jamón, metió unas cervezas en el capazo de pescador junto a un curricán montado con cucharilla y antes de salir de casa contempló durante unos minutos a su hijo Abelito dormido en la cama como despidiéndose de él con una amarga sonrisa interior y ya asomaba el sol por el acantilado cuando llegó al pantalán de madera donde estaba atracada su barca. Otros pescadores se cruzaron con él y entre ellos se cambiaron comentarios acerca de la marejada que había anunciado el parte meteorológico, pero era mayor el ansia por sacar los primeros atunes que la precaución que había que tomar.

Llevaba camisa de cuadros, gorra de visera, vaqueros y zapatillas náuticas y todos lo vieron contento cuando se hizo a la mar sin izar la vela. Fue ganando altura hacia levante y a las diez de la mañana ya había llegado al punto de encuentro, ya que tenía a popa el castillo, a estribor la punta de la isla que se dejaba ver por detrás del acantilado y a babor la cresta rosa de un edificio de doce pisos que emergía de la última urbanización de la playa. En el vértice de ese ángulo se puso a esperar y mientras tanto realizó algunas corridas con el sedal trincado a una cornamusa y tres anzuelos en el curricán.

No pensaba nada. Pese al pronóstico del tiempo la mar se mostraba serena y Ulises se sentía diluido en azules encalmados pero su aventura estaba a punto de comenzar. Sin duda ése sería un día de calor pegajoso muy propio de mitad de la canícula. Ulises comprobó en su reloj que había llegado a la hora exacta de la cita y en ese momento descubrió que se acercaba el velero de dos palos y el casco color burdeos y era la única embarcación que se veía en todo el horizonte. En la proa del velero se dibujaba de lejos la silueta de la mujer. Ulises realizó la señal marinera de que necesitaba ayuda trazando con los brazos un semicírculo por encima de la cabeza y la mujer le indicó con la mano que se dirigía a rescatarle.

La operación fue muy sencilla. El velero de dos palos se acercó a la barca *Martina* hasta abordarla y la mujer le largó un cabo a Ulises invitándole a que se agarrara bien para que pudiera saltar a su embarcación, cosa que el joven profesor hizo sin demasiado esfuerzo y una vez realizado este transbordo la mujer lo abrazó de pie en cubierta, le ofreció unas bebidas y antes de bajar al camarote ella mandó desplegar todas las velas y la nave se fue separando de la barca *Martina* que quedó a la deriva a merced de la corriente en alta mar alejándose cada vez más de la costa. El rumbo del velero marcaba el sur.

A la hora de comer el marido no volvió a casa y Martina se quedó con la duda de freír las patatas hasta las cuatro de la tarde. Maldita sea, pensó la mujer, él está con sus dioses y yo metida en la cocina. Eso tendría que terminar. Sabía que en el mar no existe el tiempo, sino los sentidos, según le había contado tantas veces Ulises. No era la primera vez que este navegante había demorado su regreso pero en esta ocasión Martina tenía un oscuro presentimiento aunque la marejada que se había establecido no parecía inquietante.

Cuando comenzó a desesperarse se dirigió a la taberna El Tiburón. Allí no le dieron razón de Ulises. Después se acercó al pantalán del náutico municipal y Martina comprobó que el punto de amarre estaba vacío. Los pescadores y marineros que esa tarde de domingo se encontraban a bordo en las embarcaciones vecinas tampoco sabían nada. Alguien le dijo que esa mañana había visto a Ulises zarpar muy tranquilo y que se saludaron al cruzarse en la dársena. En el pantalán de madera Martina comenzó a sentir que su angustia aumentaba a medida que el sol estaba doblando por el castillo. No se atrevía a dar la alarma porque las tardes de agosto aún eran muy largas con crepúsculos amoratados que permitían un sosegado regreso.

Pero el sol iba cayendo y las noticias que los navegantes y regatistas traían a puerto eran malas. A simple vista se veía que el oleaje no era de un viento de situación sino de una borrasca de fondo según se había anunciado. Martina no pudo resistir más. Si no daba la alarma a tiempo se exponía a que se echaran encima las sombras de la noche, de modo que por propia cuenta, sin avisar a nadie de la familia, llegó al cuartelillo de la guardia civil y allí la atendió el comandante del puesto Diego Molledo.

—Mi marido se ha perdido en el mar —dijo la mujer angustiada.

—Tranquila, señora —exclamó el guardia civil.

—Se fue a las ocho de la mañana a pescar y no ha vuelto todavía.

—Tranquila, tranquila, los pescadores siempre vuelven, aunque sea de vacío.

—Éste no, seguro que éste no vuelve —sollozó Martina.

Mientras trataba de tranquilizar a la mujer el comandante del puesto llamó por teléfono a la Cruz Roja del Mar para alertar al equipo de socorristas y cuando el guardia civil y la mujer regresaron juntos al puerto ya estaba preparada para zarpar la lancha de salvamento y la voz de alarma había llegado también a la taberna El Tiburón donde fue recibida por el viejo Basilio, quien avisó a varios marineros que se ofrecieron como voluntarios para unirse al rescate aprovechando la poca luz que quedaba del día.

Fueron al menos cuatro embarcaciones de profesionales las que salieron a la mar en busca de Ulises Adsuara, profesor de literatura clásica, pescador aficionado y navegante inexperto. Unas se abrieron rumbo al cabo y otras navegaron hacia el norte desafiando las crecientes olas y la oscuridad cada vez más cerrada. No divisaron ninguna barca a la deriva en todo el horizonte. Había podido suceder que la fuerte marejada hubiera arrastrado a Ulises hacia algún puerto vecino o que lo hubiera dejado abrigado en una cala al otro lado del cabo.

Era la opinión que para tranquilizar a la mujer dieron los socorristas cuando regresaron sin haber encontrado ningún rastro de naufragio en alta mar. De repente se había echado la noche encima, cosa que les hubiera impedido en cualquier caso realizar el salvamento.

El comandante del puesto Diego Molledo quiso saber por qué Martina estaba tan segura de que a su marido le había sucedido una desgracia.

—Dijo que me iba a traer el primer atún de la temporada.

—Ése no es motivo —exclamó el guardia civil.

—Quiso que le friera patatas con un aceite de oliva especial. Es lo que más le gustaba del mundo. Tiene que haberle sucedido algo muy grave —dijo Martina cubriéndose los sollozos con el pañuelo en la boca.

—Nunca he oído nada tan singular. Qué cosa más extraña, nunca he oído nada igual, ¡volver del otro mundo por unas patatas fritas! —comentó el guardia Diego Molledo con gran cachaza.

Martina esperó toda la noche a que amaneciera reunida con la familia y los marineros más allegados en el patio de la cantina en torno a la mesa manchada con restos de cafés y aguardientes y se mantuvo suspirando con el pañuelo en la boca hasta que el día comenzó a clarear a través de la parra y entonces volvieron a entrar en acción el equipo de salvamento y los voluntarios, a los que se añadió el helicóptero de vigilancia de la costa. Apenas salió el sol el aparato avistó la barca de Ulises a la deriva a diez millas frente al acantilado. Por radio dio la situación a la lancha de la Cruz Roja del Mar y ésta puso rumbo a noventa grados hasta que divisó aquel punto en el horizonte y a medida que se iban acercando los socorristas supieron que era la barca de Ulises porque tenía el pantoque negro y la proa azul con dos ojos pintados en las amuras. Se arrimaron a ella hasta abordarla. Dentro del pequeño camarote estaba sonando una canción de Julio Iglesias que se había enganchado un atún de medio kilo ya devorado por otros peces. La barca vacía navegaba a merced de la marejada y el piloto desaparecido había dejado en el camarote unas cervezas, el bocadillo de jamón intacto, el paquete de cigarrillos, las gafas para cuatro dioptrías y la ropa plegada. La radio local interrumpía a veces la melodía de Julio Iglesias para dar noticias del rescate.

Ayer desapareció en el mar el vecino de esta localidad Ulises Adsuara. En este momento equipos de salvamento están realizando su búsqueda en aguas de nuestra costa, aunque no se descarta que el náufrago haya sido ya rescatado por algún buque de cabotaje.

Bajo el mando del guardia civil Diego Molledo, comandante del puesto, la barca *Martina* deshabitada fue remolcada a puerto donde quedó sellada en el pantalán para que pudiera ser inspeccionada en la investigación del caso.

Los marineros decían que si Ulises había naufragado su cadáver no tardaría en aparecer en algún punto no muy lejano de la costa según fuera la corriente, ya que el mar no quiere hombres y de hecho era raro que esta aparición no se hubiera producido. Aquel lunes de agosto comenzaron a barajarse todas las hipótesis en la comandancia, en el juzgado, en el mercado y en las tabernas del puerto donde las habladurías no tenían límite. Ulises no sabía nadar. Pudo haberse caído de la barca, pudo haberse suicidado liándose el ancla al cuello puesto que el ancla no había aparecido. También pudo haberse fugado pero en este caso nadie comprendía por qué había elegido una solución tan complicada o qué interés tenía Ulises en simular la muerte. Sencillamente al profesor se lo había tragado el mar y fueron pasando los días sin que llegara la noticia desde algún puerto del paradero de este extraño navegante vivo o muerto. Todos los conocidos asimilaron la fatalidad como algo natural.

Después de varias semanas de este suceso Martina tenía los ojos hinchados de tanto llorar y aunque no había perdido la esperanza de recobrar a su marido un día supo que algunos la llamaban la viuda de Ulises, de modo que una mañana se vistió de luto y llegó a servir copas a la cantina sintiéndose la mujer de uno de tantos náufragos, como otras que había en Circea, sólo que éste no había sido marinero profesional sino un profesor de literatura clásica en el Instituto poseído de largos sueños.

Martina comenzó a vivir sola con su hijo y pasado el tiempo la sensación de Ulises se le fue diluyendo en la memoria. En las mesas de la taberna El Tiburón el recuerdo de aquel joven forastero que un día llegó a la ciudad con la cabeza llena de mitos también se fue desvaneciendo. Los marineros apenas hablaban de él. Era uno de tantos que se había tragado el mar, algo que ellos aceptaban como la sustancia de la vida. Martina conservaba de su marido el esmoquin de la boda colgado en el armario y no pensaba desprenderse de él mientras viviera, y muchas veces en la soledad que la atenazaba acariciaba aquella prenda llorando por su amor perdido.

Pasado el tiempo las visitas de Alberto Sierra a la taberna El Tiburón se hicieron cada vez más asiduas debido a la ansiedad creciente que sentía de ver a la viuda detrás de la barra que iba sazonando su belleza sin ningún amante

que la ayudara a vivir, y fue idea del constructor el dejar zanjada la memoria de Ulises celebrando un solemne funeral por su alma cuando
se acercaba el tercer aniversario de su desaparición. No se trataba de declarar la ausencia según
los requisitos legales sino de aceptar formal-
mente que Ulises había muerto, dedicarle un
responso oficial y una vez colocado en el más
allá llevar a Martina a bailar durante las fiestas
de agosto para que volviera a reír de nuevo.

El funeral se realizó en la iglesia parro-
quial con la máxima solemnidad que la liturgia
admite y puesto que lo patrocinaba Alberto
Sierra acudieron a la ceremonia los políticos
del Ayuntamiento con el alcalde incluido, muchos empleados de la constructora y de otras
empresas del potentado, algunos marineros amigos, los compañeros del Instituto, entre ellos
Xavier Leal sumamente compungido, y los familiares del finado encabezados por la viuda
de riguroso luto. El público miraba a Martina
con una curiosidad morbosa pero gracias al velo
negro muy tupido que le cubría el rostro nadie
pudo adivinar si su expresión era de tristeza, de
resignación o de indiferencia. Hubo en el altar
todas las flores de la temporada y varias coro-
nas depositadas sobre un falso túmulo de pali-
troques y gualdrapas labradas con hilos de oro
en cuyo interior no había ningún muerto y el
incienso también era de primera calidad, así co-

mo los cánticos de difuntos a cargo de tres curas revestidos con pesados ornamentos. Fue emocionante cuando en la nave principal del templo resonaron estas palabras:

Acoge, Señor, el alma de nuestro hermano Ulises, que ha dejado este mundo... haz que los ángeles lo lleven en brazos a la patria celestial... Dijo el Señor: quien crea en mi no morirá eternamente... antes bien, un día resucitará para volver a los verdes Valles del Edén...

En el primer banco del duelo, muy cerca de la viuda Martina, se encontraba el constructor Alberto Sierra trajeado de oscuro y con las manos plegadas sobre la bragueta. El hombre ponía cara de tener el campo libre hacia el corazón de aquella viuda esplendorosa, el amor de su vida, por eso sus ojos no podían ocultar la alegría secreta que sentía. Cuando al final del último responso se estableció la cola del pésame la gente no sabía si dar la enhorabuena o acompañar en el sentimiento a la viuda Martina porque todo el mundo presentía que el destino de la mujer sería caer en brazos del millonario Alberto Sierra y eso se consideraba un hecho de fortuna.

Fue un solemne funeral, el más caro del protocolo eclesiástico, en beneficio del alma de Ulises Adsuara pero la ceremonia no ocultaba un sentido nupcial, cierta sensación de relevo puesto que unos días después de este acto fúnebre Alberto y Martina emprendieron juntos su primer viaje. El constructor había comprado una abadía en ruinas situada en un valle muy bello entre naranjos a cincuenta kilómetros de la costa y quiso enseñarle a la chica las obras que estaba realizando allí para convertirla en un hotel de cinco estrellas. La abadía había sido vendida junto con una iglesia adosada de estilo neogótico que el constructor pensaba destinar a sala de fiestas para bodas y bautizos pero en ese momento la sacristía aún conservaba cajoneras llenas de ornamentos mohosos. Algunos retablos con santos de escayola permanecían medio derrumbados en las capillas laterales y también podían verse confesionarios que parecían fantasmas bajo la capa de yeso y la pila bautismal donde los obreros ahora guardaban el agua para lavarse la cara después del trabajo.

Sólo con verlo feliz como un abad laico saltando sobre los cascotes de aquel derribo podía adivinarse que era el nuevo amo. Su voz satisfecha con que explicaba las excelencias del proyecto resonaba en las estancias vacías. Esta antigua sala capitular sería el vestíbulo del hotel, el claustro se convertiría en la terraza de la cafetería, el refectorio donde los monjes consumían la sopa austera pasaría a ser restaurante de cinco tenedores y en la sacristía montaría una sala de juego y la celda del abad o prior sería la suite principal. La voz del constructor resonaba ahora bajo la bóveda de la iglesia en ruinas.

Martina sabía por qué aquel potentado la había llevado a ese monasterio. Pese a que Alberto podía ser simpático e incluso para otras mujeres muy atractivo, ella sentía cierto rechazo a su prepotencia aunque le alentaba con una fingida admiración a que liberara toda su vanidad siguiéndole con una sonrisa entre los escombros de aquel derribo. Estaba segura de que la iría conduciendo al punto más espectacular de la obra y allí le volvería a hacer la misma proposición, como así sucedió. El constructor fue arrastrando a la mujer hasta el coro de la iglesia donde aún quedaba un órgano desvencijado lleno de nidos de palomas torcaces y una vez recuperó el resuello que se había dejado al subir por la escalera de caracol no dijo nada. Se limitó a mirar a la mujer con ojos de deseo y de pronto la atrajo hacia sí agarrándola por la cintura. Martina trató de zafarse sin que su negativa fuera demasiado tajante. No trataba de humillarlo en absoluto. Al contrario. Con indudable sabiduría se hurtó de la cuadrada musculatura del constructor hecha a base de pesas, pero dejó en ella una estudiada morosidad de su cuerpo que indicaba su intención de no entregarse sin que hubiera contrapartidas muy seguras.

—Te pierdes ser la dueña de todo esto.
Y de mucho más —le dijo Alberto.

—Eres muy amable conmigo —murmuró Martina.

—No me quieres nada.

—No es eso. Tienes demasiada prisa. Dame un poco de tiempo.

—Te he traído un regalo. Antes de saber si quieres casarte conmigo me he permitido sacarte una tarjeta de Visa oro a tu nombre. Puedes comprar cualquier cosa con ella —dijo el constructor.

—¿Por qué has hecho eso? No quiero dinero.

—Nunca te faltará de nada —exclamó Alberto volviendo a tomar a la mujer de la cintura.

—Ahora no.

—Puedes comprar vestidos, puedes viajar, puedes tener un coche descapotable, puedes ir todos los días a la peluquería, darte masajes, tomar el aperitivo. ¿Qué dices a eso?

—Por favor, no, ahora no, por favor —gimió Martina trincada entre el corpachón de su pretendiente y el órgano desvencijado.

—Ahora sí. He esperado demasiado —exclamó el constructor buscando a toda costa la boca de Martina con sus labios amoratados.

Después de un forcejeo muy rudo Martina dejó caer su cuerpo contra el órgano y las manos de ella al defenderse de las acometidas del amante se iban agarrando a varios tubos y palmeaban el teclado. Si el órgano hubiera estado en funciones habría sacado de este combate entre dos seres tan dispares unos acordes tempestuosos. El constructor había logrado arrancar de Martina unos besos oblicuos, aunque ya un poco carnosos, a cambio de unos mordiscos muy feroces y lascivos.

Al margen de lo que pudiera suceder en el corazón de Martina, era evidente que su destino estaba marcado. Todo se había puesto en camino para que la chica fuera cayendo poco a poco en las redes de aquel hombre que la adoraba tanto como al dinero, pero ella supo medir el propio interés y el amor desenfrenado de Alberto con una maestría suprema, hasta el punto que llegó a la cama el mismo día en que consiguió tener todos los papeles firmados. Había logrado el divorcio del naufragado Ulises después de tres años de desaparecido bajo el argumento de abandono del hogar. Luego Martina fue arrancando con cada mohín, con cada caricia, con cada sonrisa llena de sensualidad una promesa formal del potentado hasta que una mañana ambos acudieron al juzgado para encargar su matrimonio civil que no escandalizó a nadie en Circea puesto que todo el mundo consideraba que la hermosa viuda era una propiedad natural del constructor, una de tantas parcelas que había comprado para edificar.

Pese a todo la ceremonia civil de este matrimonio fue muy discreta y del viaje de novios que realizaron a Miami la viuda regresó ya preñada, un hecho que ella consideró inevitable para marcar territorio en el mundo de su marido, siguiendo el consejo de su madre, la señora Rosa.

—Lo primero, hija mía, te dejas embarazar.

—De éste sí, ¿verdad, madre?

—Claro, idiota, de éste sí —le dijo la madre relamiéndose de antemano.

Aquella humilde chica de la cantina, de bellísimas formas transparentes, pronto se acomodó a ser una gran señora y al poco tiempo subía al yate de Alberto Sierra llevando con orgullo y gran desparpajo el preñado bajo el pareo, pero ya nunca se la vio reír de placer ni ofrecer una mirada de ternura a aquel hombre de negocios que cada vez fumaba más Montecristos, compraba más terrenos, influía más en el Ayuntamiento, daba más miedo a los competidores y estaba más lustroso y amable. Por su parte Martina había aprendido a ser rica como algo inevitable que se le había venido encima.

Después del nacimiento de la primera hija de este matrimonio el viejo Basilio, sintiéndose ya seguro como abuelo de una nieta rica, traspasó la taberna El Tiburón, que se convirtió en una pizzería y aquel rincón de viejos marineros empapados en humo y alcohol fue asaltado por un estruendoso ruido de platos combinados y de turistas con mochilas que recalaban allí antes de abordar los barcos de Ibiza. Basilio y la señora Roseta pasaron a ser unos jubilados siempre endomingados que deambulaban por el paseo de las Palmeras arriba y abajo sin rumbo fijo, del mismo modo que sus clientes pescadores y marineros dejaron de contar historias de naufragios y tiburones para ser aventados hacia las solanas del puerto. Era el mundo el que cambiaba.

En el rostro tan bello de Martina comenzó a dibujarse la primera arruga, un levísimo pliegue en la comisura de la boca y a simple vista esa pequeña erosión del tiempo que la hacía más atractiva era, no obstante, un signo de amargura.

—¿Estás lista, amor mío? —gritó Alberto desde el vestidor abrochándose la camisa de seda.

—Un momento, ya voy —contestó Martina mientras se daba las últimas cremas en el cuarto de baño.

—Esta noche vamos a hacer saltar la banca.

—Estoy segura, cariño.

—Date prisa.

—Ya voy, amor mío.

—Serás la reina del casino —le dijo Alberto cuando bajaban por el pórtico de la mansión hacia el garaje donde permanecía dispuesta la escudería.

—¿Crees que tendré suerte?

—Ya la has tenido casándote conmigo. ¿En qué coche quieres que vayamos, en el Damler, en el Mercedes o en el Jaguar?

—En el Jaguar —dijo Martina sin ahorrar un gesto de desgana—. Vamos a ver cómo se nos da la noche.

Martina entró en el casino de la costa envuelta en un echarpe de seda cruda y cubierta de joyas. Alberto le ofreció un puñado de fichas rojas. La bola estaba girando en la primera mesa. Martina se acercó con una elegancia natural a la ruleta y puso todo su caudal apostando por el cero. Después de dar una vuelta por todo el universo la bola brincó con unos saltos mágicos y finalmente cayó en el cero. Martina vio que el cero era su destino.

...a la muerte no se la comprende;
sólo se la aprende. Aceptarla con
naturalidad es la única forma
de resucitar...

Diez años después de que Ulises hubiera muerto, el mundo había cambiado mucho. Cualquier resucitado, al leer de nuevo el periódico, se habría encontrado con que Margaret Thatcher llevaba una pistola en el bolso y Gorbachov aún no soñaba que acabaría anunciando una marca de pizzas si bien se estaba preparando a conciencia para ello. El hijo de Marlon Brando había asesinado al novio de su hermana, Greta Garbo seguía llevando las gafas negras en la tumba y el sida era el sacramento de la modernidad.

Cuando Ulises Adsuara fue tragado por el mar Gracia de Mónaco acababa de aplastar su elegancia y belleza contra el parabrisas del coche en una curva del Principado, el emperador Reagan había generado un cáncer de nariz, la mafia le había entregado a Aldo Moro la suprema verdad dentro de siete gramos de plomo, los gurkas ingleses iban tomando el té sin quitarse el cuchillo de entre los dientes en la cubierta de los destructores rumbo a la guerra de las Malvinas y la señora Ymelda Marcos de Filipinas no paraba de matar enemigos y de comprar zapatos, pero la señal de que el mundo había cambiado durante esos diez años en que Ulises estuvo ausente consistía en que los agujeros negros del universo venían explicados de forma muy clara en los envoltorios de los caramelos Toffees y que las hamburguesas eran de pollo.

Durante los diez años en que Ulises Adsuara había permanecido fuera del mundo también la vida había cambiado mucho en Circea. El cemento había llegado a la meta situada en la cima de los montes y los basureros iban muy a la zaga del consumo. En el mercado central, bajo las claraboyas de vitrales modernistas, en los mismos puestos donde antes se vendían huevas de atún, mojamas y otros salazones cuyo aroma venía directamente de Mesopotamia y de Grecia ahora se expendían delicatessen, salchichas, anguilas ahumadas, pan negro y tartas contundentes de manzana servidas por alemanas vestidas de bávaras. El náutico municipal era ya una intrincada población de embarcaciones pero en el extremo de uno de los pantalanes aún estaba el yate *Son de Mar,* inmóvil y destartalado, polvoriento, casi derruido.

También había cambiado el rostro de Martina. Seguía siendo una mujer hermosa de treinta y cinco años con la cintura levemente redondeada después de tres partos, uno de ellos con cesárea, y el tiempo le había ido posando ciertas marcas en la comisura de los labios y alrededor de los ojos que daban a su belleza un esplendor ya sazonado. Había perdido aquella delgadez que la hacía falsamente quebradiza. Ahora parecía una hembra madura y segura, con mucho poder en su carne. Había tenido dos hijas con Alberto que eran unas niñas llenas de lazos y puntillas. El vástago de Ulises, el adolescente Abelito, había comenzado a jugar al baloncesto, tenía unos pelillos en las axilas y no recordaba a su padre porque nadie le había hablado de él, pero vagamente intuía que su padre sería aquel señor que un día le llevó a pasear en una barca y le cantaba canciones napolitanas en medio del mar. Alberto le había acogido como a uno de los suyos, porque este pez gordo no era en absoluto un mal tipo para cosas de familia sino un sentimental del dinero.

Una foto de Martina con marco de plata estaba encima de la cómoda del dormitorio. Se la hizo Ulises y era uno de los pocos recuerdos que guardaba de aquel ser que desapareció bajo las aguas. Cada vez que Martina contemplaba su figura juvenil sonriente en el valle de la Alcudiana le venían a la memoria aquellos días felices que pasaron entre el ardor del sexo y la armonía de la naturaleza. También había conservado en un baúl del desván el esmoquin, las gafas, unas carpetas con escritos y algunos objetos que dejó el náufrago, pero Martina tal vez los había olvidado ya que ella nunca entraba en ese cuarto trastero de la mansión. La imagen ya muy difuminada de Ulises se le antojaba el producto de un sueño que había vivido, pero cuanto más lejano estaba más grande se le hacía en la memoria.

Uno de aquellos veranos, para celebrar el cincuenta cumpleaños del constructor Alberto Sierra que coincidía con la presentación de su nueva sociedad Hispano-Alemana, de la que había sido nombrado presidente, después de los homenajes que había recibido en el Ayuntamiento y en el Club Náutico, su mujer decidió darle una gran fiesta en casa. Una vez más fueron convocadas alrededor del potentado todas las fuerzas vivas de la población y nadie era alguien si no había sido invitado aquella noche de agosto a su mansión que ya había ganado una hectárea más de jardín desde que fue inaugurada diez años antes. Ahora la rodeaba un muro de tres metros de alzada con sus correspondientes pinchos y vidrios. El portalón de la entrada estaba guardado por cámaras de vídeo, cerrojos electrónicos y un par de leones de mármol. Nadie podía penetrar en aquella fortaleza sin ser grabado.

Alrededor de quinientos invitados llegaron aquella noche a la fiesta y todos fueron más o menos saludados por los anfitriones en el portalón del jardín y aquel sarao donde se mez-

claban gentes de negocios, políticos de vacacio-
nes, algunos artistas conocidos y comerciantes
muy establecidos de la ciudad transcurría con
normalidad sobre el césped en torno a la piscina iluminada bajo los acordes de la orquesta
que tocaba boleros y los invitados se abastecían
en el bufé extendido bajo los algarrobos mientras los camareros iban pasando las bandejas con
bebidas. Martina estaba radiante. Lucía unos
collares de nueces tropicales, el pelo con jazmi-
nes y vestía una seda de Chanel muy veraniega
que fluía alrededor de un bronceado de alta mar.
Lo controlaba todo con la mirada y era la primera vez que su hijo Abelito se presentaba en
sociedad con un copa en la mano y la cara llena
de granos. Por otra parte, la mandíbula cuadrada de Alberto brillaba con destellos color viole-
ta debido a tanto éxito y felicidad, pero sin duda Martina era la reina de la noche.

Todo el mundo estaba en el jardín y la
fiesta ya andaba de remate a primeras horas de
la madrugada y las criadas se habían retirado a
dormir y dentro de la mansión no había nadie
cuando Martina fue por un calmante a la cocina. En el momento de abrir el armario sintió
que alguien jadeaba a su espalda. Volvió el rostro y se encontró con que allí había un hombre desconocido. Pese a la sorpresa o al miedo
instintivo que esa presencia le había causado,
Martina controló el primer vuelco del corazón

intuyendo que sería uno de los camareros o algún invitado pero enseguida vio que aquel hombre le mostraba un pez que llevaba en la mano y le sonreía de forma muy familiar.

—Dije que te iba a traer el primer atún de la temporada. He tenido que ir hasta la isla de Sumatra a pescarlo —habló sosegadamente Ulises elevando la pieza capturada.

—¿Es un atún de verdad? —preguntó Martina sin prestar mucha atención a las palabras del aquel desconocido.

—Es una prueba de amor. Después de dar la vuelta al mundo he vuelto para decirte que eres la mujer de mi vida —siguió hablando Ulises muy calmado.

—¡¡¡Aaaaaaaah!!! —gritó Martina.

Cuando algunos invitados llegaron a la cocina atraídos por este alarido vieron a Martina desmayada en el suelo. A su lado había un atún y nadie más. Sin duda se trataba de una lipotimia, pensaron todos, y no hubo necesidad de ningún remedio especial porque Martina abrió muy pronto los ojos, se puso en pie por ella misma y fue la primera en decir que había sido un simple mareo sin importancia pero una vez recuperada, al descubrir aquel pez azul en el suelo de la cocina la mujer quedó profundamente turbada, aunque guardó silencio. Alguien recogió el atún y lo depositó en un plato sobre el banco de mármol.

Martina estuvo debatiendo en la cama el resto de la noche si la visión era real o soñada y su estado era más de profunda congoja que de sorpresa cuando ya la luz del día clareó en la ventana, pero tuvo que dejar su angustia de lado porque Alberto comenzó a requerirla, a besuquearla, medio borracho como estaba, y Martina no encontró ninguna excusa para negarle el cuerpo a su marido en su cincuenta cumpleaños. La mujer respondió con falsos gemidos de placer a los embates de aquel penetrador amoroso que apenas le daba opción a respirar, cosa que ella lograba sacando la cabeza por debajo del musculoso alerón de Alberto para tomar aire un segundo y seguir moviendo la pelvis de forma mecánica. Mientras duró este acto rigurosamente matrimonial Martina tenía la mente puesta en la cocina.

Cuando poco después su marido roncaba y los mirlos cantaban en el jardín Martina se puso una bata y salió de la habitación sin hacer ruido para no despertar a las niñas. Bajó descalza por la lujosa escalera de mármol que daba al gran salón, atravesó el comedor abriendo cada puerta con un cuidado casi furtivo, esta vez para no alertar a las criadas, y de este modo iluminada por la madrugada que empezaba a dorarse entró en la cocina con el corazón muy alterado. Allí pudo contemplar de nuevo aquel atún extendido en un plato de cristal. Lo miró detenidamente. Se atrevió a tocarlo. Al pasar la yema de los dedos por la superficie azul iridiscente y listada tuvo una sensación muy intensa de frío como si aquel bicho acabara de ser extraído del fondo del mar más profundo pero los ojos del pez no estaban yertos ni amarillos, simplemente no existían. En su lugar tenía unos vidrios. En la cocina no había ninguna otra señal que indicara el paso de Ulises. Todas las ventanas estaban cerradas por dentro. Los muros del jardín eran altos. La puerta continuaba vigilada con cámaras de vídeo y cerrojos electrónicos. Con ellos podía controlarse incluso el paso de los espíritus, según rezaban los folletos de garantía.

Martina inspeccionó aquella mañana el jardín hasta el último rincón por ver si encontraba algún rastro o señal que hubiera dejado el aparecido. Sólo había restos de la fiesta, pasteles pisoteados, vasos abandonados en sitios inverosímiles, algunas copas rotas y muchas colillas de puro. Ese mismo día, antes de que la grabación fuera borrada, buscó una excusa para revisar el vídeo de control de la entrada. Se llevó una sorpresa al comprobar que entre los muchos invitados desconocidos había uno que llegó a la fiesta receloso como una sombra sin acompañante muy pasada ya la medianoche emboscado entre los camareros y que podía parecerse al antiguo Ulises si se hacía un esfuerzo de imaginación.

A la hora de la sobremesa sonó el teléfono. Alberto atendió la llamada y al oír su voz colgaron del otro lado. La llamada se repitió varias veces esa misma tarde y aunque Martina hacía esfuerzos por mostrarse tranquila no dejó de estar pendiente un solo momento de aquel teléfono que sonaba en varios supletorios distribuidos por distintas estancias de la mansión, pero en una ocasión Martina se vio obligada a levantar el auricular puesto que estaba sentada en la sala junto al aparato frente a su marido.

—¿Diga?

—Anoche estabas maravillosa, como siempre te he recordado —murmuró una voz no muy lejana.

—¿Diga?

—Necesito verte.

—¿Diga?

—No creas que he dado la vuelta al mundo por nada —insistió aquella voz que Martina reconoció al instante.

—¿Diga? ¿Diga?

—¿Quién es? —preguntó el marido asomando la cabeza por un lado del periódico.

—Nadie. Han vuelto a colgar —dijo Martina con fingida desenvoltura.

La mujer supo que el náufrago estaba vivo y que había regresado, aunque no tenía una prueba convincente de ello más allá de su propia obsesión, pero sentía que la vaga sombra de

aquel desaparecido se iba constriñendo a su alrededor y cada vez tomaba una forma más con-
sistente. Los casos de hombres que se fugan de
casa y vuelven después de muchos años no son
tan insólitos. Martina comenzó a aceptar que ese
hecho podía haberle sucedido a ella también y
a medida que pasaban las horas de la tarde de
aquel domingo de agosto, en medio de la resaca
de la fiesta, comprendía la cantidad de problemas que el regreso de Ulises le plantearía si fuera
cierto. La angustia, el odio, la sorpresa, la humillación, la simple curiosidad se mezclaban en
el fondo de sus entrañas con una alegría salvaje
que se removía en las vísceras más oscuras y que
ella no podía controlar. Esa misma noche, cuando Alberto y Martina ya estaban en la cama,
Ulises volvió a llamar desde un lugar que sonaba muy próximo.

—¿Diga?

—...

—¡Imbécil! —gritó Alberto.

—...

—Diga algo. Le estoy oyendo respirar.

—...

—¿Quién es? —preguntó Martina desde su cama.

—El imbécil de siempre. Ha colgado
—murmuró Alberto.

Martina deseaba que el teléfono sonara
al día siguiente cuando su marido estuviera en

el trabajo fuera de casa para poder hablar sin angustia. Ese lunes Ulises no dio ninguna señal de vida. Sólo unos días después a media tarde por fin llegó la llamada. Martina se encerró en la habitación para hablar sentada en el borde de la cama con cierta tranquilidad que le permitiera hacer algunas preguntas, pero la voz del otro lado sonó muy taxativa como si tratara sólo de dar un mensaje sin esperar respuesta alguna. Parecía una cinta grabada.

Querida Martina: te pido perdón por volver tan tarde a casa. Como, al parecer, las cosas se han complicado durante mi ausencia me gustaría tener una entrevista secreta contigo para conocer tu estado de ánimo y obrar en consecuencia. En la cocina te dejé el atún que te había prometido. Ésa es la prueba de que no te he olvidado. ¿Te has fijado en que ese pez no tiene ojos? Así son todos los atunes de la isla de Sumatra. En su lugar tienen dos piedras preciosas de origen desconocido. He traído de mi viaje infinitas historias que contarte. Con todo mi amor.

Llámame a este número de teléfono: 96 744 98 60. A cualquier hora del día o de la noche.

Martina intentó hablar con su comunicante cuya voz reconocía. La llamada se había cortado y luego sobrevino un tiempo de silencio y la mujer alegó una jaqueca para que Alberto la dejara en paz. Durante esos días Martina estuvo como ausente y no hacía sino analizar una y otra vez la imagen que había vislumbrado durante unos segundos aquella noche en la cocina antes de caer al suelo desmayada a causa de la emoción. La imagen de aquel hombre estaba profundamente grabada en su mente. Si era en verdad Ulises, ¿cómo nadie más lo había reconocido en la fiesta? De seguir vivo tendría ahora cuarenta y tres años. Creía recordar que el náufrago que se le apareció en la cocina representaba esa edad y su rostro era idéntico aunque parecía más atlético o al menos no tan desgarbado ni tan flaco como aquel profesor que se había tragado el mar. Diez años de ausencia no permitían cambiar tanto. No obstante, ese hombre era el mismo que se fue, de eso la mujer estaba segura.

Cuando el silencio del náufrago se hizo insoportable Martina probó a marcar el número de teléfono que tantas veces había repetido en la memoria. Lo hizo saltándole el corazón como un caballo. Al otro lado le contestó una voz femenina.

—Dígame.

—Quisiera hablar con Ulises Adsuara.

—¿Ulises, qué?

—Ulises Adsuara —repitió Martina.

—Aquí no vive ningún señor con ese nombre —dijo la voz femenina.

—¿No es ésa su casa?

—¿Su casa? Bueno, según como se mire. Esto es un centro de acogida.

—Perdone que sea una pesada. ¿No se hospeda ahí un señor solo, de unos cuarenta y pico años, no sé cómo decirle, alto, un poco...?

—Mire usted, señora, aquí tenemos ahora mismo sesenta inmigrantes y otros tantos mendigos y vagabundos —dijo la voz femenina con más confianza de la que Martina esperaba.

Con esa llamada Martina supo que el número de teléfono correspondía a una residencia social de una ONG situada en la barriada de la Malvarrosa de Valencia y que allí pudo haber llegado o no un hombre con las características del náufrago Ulises. Martina se decidió a averiguarlo por sí misma y un día de final de agosto, aprovechando que su marido había salido de viaje a Ginebra, llegó hasta allí en coche y se puso a merodear en torno a aquel hotelucho desvencijado situado en el poblado marítimo lejos de la línea de restaurantes y merenderos de la playa de Las Arenas, donde ellos habían pasado la luna de miel.

Cansada de deambular por la Malvarrosa escrutando el rostro de todos los mendigos Martina se sentó en una terraza, pidió un gin tonic, encendió un cigarrillo y en ese momento sonaba un acordeón sobre la multitud de bañistas que tomaba el sol en la playa y llenaba los merenderos. La música de acordeón le trajo enseguida el recuerdo de Jorgito que había tocado esa misma pieza, *El gato montés,* el día de su boda en aquel banquete bajo la parra de la cantina. Pero el pobre Jorgito ya había muerto. Y esta vez no vino a llevárselo la estrella de Hollywood en un cadillac blanco descapotable ni caminando vestida de rojo sobre las olas del mar como una llama. Jorgito había muerto de un ataque de locura severa a causa de la sífilis un día de sol terrible y cayó fulminado en la explanada del puerto sin reír ni llorar. Unos marineros lo recogieron del suelo cuando estaba tumbado sobre las redes tendidas a lo largo del muelle y al parecer con los últimos estertores de la muerte se había enredado en ellas como esos peces que tratan de huir y no consiguen sino quedar más atrapados.

Bajo la música de acordeón Martina miraba con ansiedad a la gente sentada alrededor y también escrutaba sin disimulo a cuantos pasaban en traje de baño por delante de ella en dirección a la playa. Esperaba de un momento a otro que un espectro surgiera entre la multitud anónima y se acercara a presentarle las cartas credenciales. Cualquiera de aquellos seres desnudos podía ser un náufrago que había regresado. Martina estuvo toda la tarde sentada en aquella terraza fumando y bebiendo gin tonics, los clientes de las mesas se renovaron varias veces y después de algunas horas de espera sólo consiguió que el camarero más amable le preguntara si esperaba a alguien o si tenía algún problema. Negó con la cabeza sin contestar nada pero controlando la sonrisa y cuando se levantó de la silla se sintió bebida y el sol estaba declinando una luz morada sobre el mar entre la maraña de grúas por encima del espigón del puerto de Valencia.

En un estado muy desesperado Martina se metió después en el laberinto del barrio del Carmen. Recordaba que Ulises le dijo que si un día se perdía lo fuera a buscar allí. Puede que encontrara al náufrago vendiendo servilletas en cualquier semáforo o tocando la guitarra en una acera o pidiendo limosna con la mano descarnada. La noche pegajosa de agosto acababa de empezar y todos los antros y bares de copas habían encendido las luces. Entró en el barrio por la calle de la Bolsería e hizo la primera parada en El Cafetín, después pidió otra bebida en la farmacia botillería Sant Jaume donde la visionaria argentina les había echado las cartas. Le subía turbiamente a la memoria aquello que le señaló el destino: *Cualquier viaje tiene un significado de muerte, dígame, señora, si este hombre me ama, sólo te amará si lo matas y luego lo devoras.*

El café Lisboa que estaba en la calle Cavallers ahora se llamaba Fox Congo pero el bar

Negrito seguía en la misma plazoleta. Una mujer de treinta y cinco años vestida con ropa de boutique exclusiva entrando y saliendo de todos los antros con la mirada a la vez ansiosa y desesperada hubiera llamado la atención en otro lugar que no fuera ese laberinto de seres perdidos. Allí todo el mundo buscaba algo. Nombres de bares, luces, músicas, hedores de alcantarilla, rebufos de licores formaban en la calle el fluido espeso por donde una multitud de jóvenes navegaba hacia distintos puertos. Johny Maracas, La Edad de Oro, Zapping, La Cava del Negret, John Silver, La Flaca, éstos eran nombres que tenían divanes raídos para que los marineros reposaran la cabeza sobre el regazo de las sirenas.

Uno de aquellos antros se llamaba Venial y era un bar de gays donde los sueños más sublimes anidaban en las braguetas de azúcar de algunos clientes. Martina asomó la cabeza en el local y al ver el ambiente un poco enrarecido quiso volver atrás pero uno de los ángeles que guardaban la puerta le dijo que podía entrar sin problemas. Las mujeres más hermosas que había allí podían ser hombres muy armados. Martina se sentó en un taburete de la barra junto a dos fortachones en camiseta de imperio que se besuqueaban y se abrazaban con los brazos llenos de tatuajes que expresaban travesías por todos los mares.

Cuando los ojos se le hicieron a la penumbra rojiza del local y las sombras de cada rincón emergieron Martina descubrió que una de aquellas sombras era, sin duda, la de Xavier Leal, el colega de Ulises en el Instituto, que estaba tomando unas copas con un amigo. Martina sentada en la barra de aquel bar de ambiente llamaba la atención, de modo que Xavier se fijó muy pronto en ella y aunque ambos se evitaban la mirada hubo un momento en que sus ojos se encontraron. El que Xavier Leal estuviera en aquel bar con un amigo no dejaba de ser normal. Él no hacía nada por ocultar su homosexualidad, por eso no le preocupaba en absoluto que alguien le descubriera allí, pero se preguntaba qué hacía Martina bebiendo en aquella barra. Se levantó a saludarla. Ambos se cambiaron unas palabras formales y durante esta breve conversación Martina no hacía sino escrutar en la mirada de Xavier algún secreto que ella debería saber. Después del segundo trago se atrevió a afrontar el caso directamente.

—¿Le has visto? —preguntó.

—¿A quién? —exclamó Xavier Leal.

—Nada. No he dicho nada. Olvídalo —dijo Martina.

—No esperaba encontrarte aquí. ¿Buscas a alguien?

—Sí.

—¿A tu hijo? ¿Se ha escapado de casa? A este barrio llegan siempre todos los chicos que se fugan de casa.

—No, no, mi hijo está bien.

—No quiero meterme en lo que no me importa. Ahora eres una mujer rica. Estás rodeada de gente poderosa. Cualquiera sabe lo que te puede pasar. ¿Te has metido en algún lío? —le preguntó Xavier.

—No.

—Dime, entonces, qué haces aquí.

—Quiero pedirte un favor. Si te has encontrado con él, dímelo. Si un día te llama a ti también, avísame, te lo suplico, de veras, Xavier, ¿lo harás?

—¿Con quién tengo que encontrarme? —preguntó Xavier muy interesado.

—Con él.

—¿Con quién?

—Con Ulises —contestó Martina de forma tajante.

—¿Con qué Ulises?

—Con él.

—¿Con Ulises Adsuara? ¿Con tu marido muerto? —exclamó muy alarmado Xavier Leal.

—Eso es —murmuró Martina con los ojos puestos en el interior de la copa.

Como la mujer estaba un poco bebida Xavier Leal pensó que habría sufrido una de-

presión, un ataque de melancolía, un desenga-
ño con su marido, algún problema con su hijo, cualquier golpe que hiere a las mujeres de
esa edad pero tampoco le dio opción a seguir
investigando porque ella apuró la copa, se apeó
del taburete y salió del local sin dar más explicaciones. La noche era muy calurosa. Martina
siguió deambulando a su suerte entre la gente
que entraba y salía de los bares. Después se
sentó en la terraza de la botillería Sant Jaume y
en medio de aquella multitud de jóvenes que
la rodeaba, sola en una mesa daba la impresión
de ser una mujer que esperaba infinitamente a
alguien que tenía que pasar por delante y que
estaba dispuesta a no moverse de allí hasta
que ese milagro sucediera.

Allí la encontró de nuevo Xavier Leal
cuando junto con su amigo abandonaba el barrio al filo de la madrugada. Se acercó a ella
y le dio un beso. Martina le dijo:

—Le estoy esperando.

—¿A Ulises, el ahogado?

—He quedado con él.

—¿Sabes lo que estás diciendo?

—Quedamos en que nos veríamos aquí
hace muchos años —dijo Martina.

Cuando se alejaban el amigo preguntó
quién era aquella mujer y Xavier le dijo que una
de tantas mujeres enamoradas que se había enloquecido y volviendo la cara antes de doblar

la esquina vieron que ella se quedaba sola allí sentada mientras la luz del día se hacía más dorada y el barrio se iba deshabitando poco a poco hasta llegar al silencio de los primeros pájaros que cantaban ya en los aleros.

Había pasado el camión de la basura, en ese momento estaban regando las calles y, aunque las mangueras la cercaban, Martina permanecía en aquella única silla que no había sido guardada por los camareros sobre el suelo mojado de la terraza del Sant Jaume sin moverse creyendo que Ulises, o tal vez su espectro, acabaría pasando por aquel cruce del laberinto.

Fue la primera noche que aquella mujer burguesa estuvo sola fuera de casa. En el itinerario que había recorrido durante toda la jornada por la playa de la Malvarrosa y por el barrio viejo de la ciudad en busca de un hipotético náufrago redivivo que un día se llamó Ulises, ella no dejó de recordar los años que vivieron juntos, cada uno de los percances de su existencia pasada. No podía jurarse a sí misma que había sido feliz con aquel hombre naufragado. Sólo estaba segura de que lo había amado más allá de sus fuerzas, por eso cuando agotó todas las posibilidades de encontrarlo esa mañana con el sol ya muy alto decidió volver a su maravillosa mansión y durante el viaje de regreso por la autopista desolada comenzó a dudar si no se habría vuelto loca. ¿Cómo podía sucederle eso a ella si tenía un marido apuesto y rico que la adoraba?

Llegó a casa con los ojos arañados por el insomnio, con un sabor a ceniza en la lengua y con todos los rasgos que le había dejado en el rostro una primera experiencia intensa con el alcohol. No, Alberto no había llamado desde Ginebra, pero la criada filipina le dijo que el teléfono no había parado de sonar y la única vez que no colgaron una voz de hombre maduro había preguntado por la señora. Incluso la tarde anterior se había presentado en casa un desconocido interesándose por ella y cuando Martina preguntó cómo era ese recién llegado ninguna de las criadas supo definirlo a satisfacción. No era un vagabundo ni un vendedor, ni un policía, ni un recadero ni un amigo de casa ni alguien que por su aspecto físico manifestara claramente su origen.

—¿Tampoco dejó alguna tarjeta, algún nombre, alguna dirección? —preguntó Martina.

—Dijo que eso no era importante —contestó una de las criadas.

—¿Nada más?

—Dijo que volvería.

Pasaron varios días sin que Ulises diera ninguna otra señal, pero durante el almuerzo de un domingo, cuando ya Alberto había vuelto de viaje, alguien llamó preguntando por la señora y una criada le llevó el teléfono inalámbrico a la mesa donde estaba reunida toda la familia. Una vez más se hizo patente la voz de Ulises.

—Te espero esta tarde en...

—¿Diga? —simuló Martina muy azorada.

—Te espero esta tarde a las seis en la cafetería de...

—¿Diga?

—... en el bar de la leprosería del valle de la Alcudiana, ¿recuerdas?, en el valle de...

—Maldita sea. No oigo nada. ¿Diga? —gritó Martina simulando su rubor.

—Acuérdate. A las seis en esa cafetería —dijo Ulises.

—Han colgado —exclamó Martina.

Alberto estaba atento al telediario y no prestó mucha atención al nerviosismo de su mujer. Otra vez la presencia de Ulises se cernía sobre ella trazando un círculo que se iba estrechando a su alrededor, pero esa tarde de domingo la mujer tenía en casa una partida de canasta con las amigas y no encontró la forma de escaparse ni de distraer siquiera una hora para comprobar si los muertos pueden resucitar y merecen ser amados.

Al día siguiente Martina subió al valle en el Jaguar. Como si fuera guiada por el rastro que había dejado Ulises siguió el camino entre los naranjales, almendros, olivos y cerezos hasta el sanatorio y la soledad que allí se sentía en el fondo de los huesos se conjugaba con el espléndido panorama abierto por varios montes hasta el mar. Martina no había vuelto a este lugar desde que Ulises se fue, pero cada accidente de aquel paraje le recordaba una forma de amor. Todavía estaban extasiados en el aire del valle sus gemidos de placer, aún creía oír los tres ecos que dejaba el Vespino por los distintos despeñaderos ascendiendo con el motor tan caliente como la carne de los amantes que buscaban una cueva donde guarecerse.

La cantina del sanatorio estaba cerrada esa mañana. Un portero o jardinero o tal vez enfermero que encontró Martina cerca de la entrada no supo darle razón de ningún visitante extraño que hubiera llegado la tarde del domingo. Se puso a pasear por el jardín, arrancó una flor de geranio, aspiró su perfume y después se sentó a esperar algo inconcreto en un banco al pie de una imagen de la Virgen pintada de azul. El perfume ácido del geranio le impulsó a imaginar que no era necesario que Ulises existiera para seguir viviendo una profunda historia de héroes como las que él le contaba cuando estaba vivo. Algunos leprosos ya curados saludaban muy sonrientes al pasar junto a aquella mujer solitaria; eran aquellos seres que luego se esparcían por el valle y descubrían amantes bajo los árboles. Martina preguntó si alguno de ellos había estado la tarde anterior en la cantina.

—Sí, yo estuve —le dijo un anciano leproso.

—¿No vio a un hombre solitario y desconocido?

—Sí, claro.

—¿No dijo nada, no dejó ningún encargo?

—No habló con nadie, que yo sepa. Estuvo una hora mirando la partida de cartas y luego se marchó sin despedirse de nadie. Se comportó como un maleducado. Al menos hay que decir buenas tardes —exclamó el leproso.

Martina decidió subir hasta lo más alto del valle. El Jaguar fue bordeando bancales con olivos, limoneros y granados y finalmente llegó al aprisco con cipreses en forma de calvario que daba por el otro lado al barranco del Infierno. Martina tuvo que caminar por una senda entre zarzales buscando una referencia que la guiara hasta la cueva del Caballo, ya que después de tantos años la vegetación había cambiado el aspecto del lugar, pero la gruta estaba tan grabada en su mente que no tardó demasiado en encontrarla. Tuvo que quitarse los zapatos de tacón para subir por un ribazo hasta la madriguera y antes de entrar por su boca tan estrecha no dudó en despojarse de su vestido de marca. Martina penetró desnuda en la cueva sólo para recordar. Cuando sus ojos se hicieron a la oscuridad vio que brillaba al fondo de la gruta el mismo reflejo de agua y que en el techo seguía escrita la misma frase cuyo sentido, después de haberla recreado en la memoria infinitas veces no conseguía descifrar. En estos abrigos de los montes las cosas se conservan intactas miles de años. En el suelo no había sino algunos objetos deleznables, botellas, plásticos, algún preservativo, pero tal vez allí estaba también la imagen congelada de la pasión que ella vivió.

Antes de volver a casa ese mediodía Martina entró en el antiguo local de El Tiburón convertido en la pizzería Sorrento que también servía platos combinados. Estaba rebosante de gente joven, en su mayoría extranjeros, con las mochilas en el suelo deglutiendo comida rápida a la espera de zarpar hacia la isla. Nadie la reconoció en ese lugar. Se asomó al patio de atrás. Ya no estaba allí el limonero, ni la buganvilla, ni aquel tendedero donde ella colgaba el señuelo del amor, ni la mesa larga de mármol que tantas veces fue soporte de libros de mitología. El perro y el gato que dormían uno encima del otro habían muerto y el emparrado había sido sustituido por unos toldos con anuncios de Martini que daban sombra a unas mesas y sillas de plástico. Tampoco reconoció a Ulises entre aquellos rostros abrasados por el sol, pero cuando llegó a casa Alberto le dijo que había recibido una llamada que él había anotado. Podía leerla en el papel que había dejado junto al teléfono.

Alguien te espera esta tarde a las seis en la playa de Las Arenas. Terraza de la Rosa. Llevará una camisa verde y un libro en la mano.

Durante la comida Alberto le preguntó si había algo que él debía saber. Ante las evasivas de Martina su marido la miró con cierto rigor aunque esa desazón que su mujer dejaba escapar también podía deberse a algún problema de salud que trataba de ocultar, pensó él, antes de advertirle con una fingida gravedad en el ceño.

—Si tienes algún problema, dímelo.

—No tengo ningún problema, cariño —contestó Martina.

—No me engañes. No podría soportarlo. Soy capaz de hacer cualquier cosa por ti —dijo Alberto con la mano temblorosa sobre el cubierto de pescado.

—¿A qué te refieres? —exclamó Martina.

—Soy capaz de matar a quien sea con tal de tenerte a mi lado. No olvides con quién estás casada. Soy capaz de matar a quien te haga daño.

—Lo tendré en cuenta, cariño. No tienes nada que temer.

—¿Necesitas algo? ¿Tienes algún problema? ¿Te has metido en algún lío? No voy a preguntarte quién es ese señor —dijo de forma cada vez más angustiosa Alberto.

—No, cariño. No lo hagas.

Martina estaba dispuesta a saltarse cualquier barrera esa misma tarde. Después de comer, aun sabiendo que su marido vigilaba todos sus gestos y movimientos desde la butaca del salón, se maquilló lentamente en el cuarto de baño, se puso un vestido elegante y salió disparada en el Jaguar en dirección a la capital dejando al marido sentado en la mansión. Antes de las seis de la tarde Martina se encontraba de nuevo esperando en aquel mismo lugar de la playa de Las Arenas delante de un helado de vainilla.

Ulises llegó por el paseo desde el lado del balneario. Venía caminando despacio con un libro en la mano, llevaba una camisa verde muy raída, unos vaqueros también raídos y unas sandalias gastadas. Desde lejos levantó el libro a modo de saludo y se fue acercando a Martina sin dejar de sonreír y aunque parecía visiblemente cambiado la mujer supo al instante que era él, de eso no le cabía la menor duda. Estaba dispuesta a dejarse matar antes que negarlo.

Ulises llegó hasta ella, se sentó a su lado, le dio un beso rutinario en la mejilla y antes de decir nada llamó al camarero para pedir un refresco. Luego entre los dos se estableció un silencio muy denso y de una profundidad incalculable, dentro del cual se oía el oleaje del mar y los gritos de los niños y de las gaviotas, pero esa incomunicación de ambos sólo duró hasta que el camarero le trajo a Ulises un zumo de naranja.

—Veo que ya no usas gafas —le dijo Martina con una sonrisa irónica.

—Las olvidé en la barca —contestó Ulises con toda naturalidad como si hubiese sido ayer.

—Pues has tenido suerte. Las he guardado en casa de recuerdo. Supongo que estarán en el baúl del desván todavía.

—No las necesito. Ahora veo perfectamente.

—Sí, claro, la miopía se cura sola con el tiempo, según dicen —exclamó Martina.

Luego siguió entre los dos otro silencio muy tenso. Sentados frente a frente comenzaron a analizarse como dos extraños. Lo primero que sorprendió a Martina fue que Ulises tenía ahora los ojos azules, ligeramente verdosos. Parecía un poco más alto y sin duda ya no era aquel tipo desgarbado sino un hombre recio, casi atlético. Había perdido aquella palidez un poco cetrina. Su rostro ahora estaba tallado por unas grietas solares y tal vez su aspecto rubio se debía a la piel encendida por el verano. Ulises, por su parte, no dejaba de admirar la mujer cuajada y sensual en que se había convertido aquella chica tan transparente y la fuerza interior que despedía.

—¿Sabes por qué he vuelto?

—No. Ni idea —dijo Martina.

—Te dije que te iba a traer el primer atún de la temporada.

—Sí. Eso es cierto. ¿Has tardado tanto tiempo en capturarlo?

—Y tú me prometiste que ibas a freír unas patatas, ¿recuerdas?

—Sí.

—He vuelto porque después de recorrer todo el mundo no he encontrado a nadie que friera las patatas como tú —dijo Ulises soltando una carcajada.

—¡Hijo de puta! —murmuró Martina riendo también.

—En este viaje he aprendido muchas cosas.

—¿Por ejemplo?

—He aprendido a pescar para ti en Sumatra. ¿Sabes dónde está esa isla?

—No. No me interesa.

—El pez que te traje de esa isla tenía unos diamantes en los ojos.

—He tirado ese pescado a la basura. Puede que esté luciendo en el basurero esas joyas que tú dices. O se las habrán comido las gaviotas. Aquí las gaviotas también comen piedras preciosas. Comen de todo.

Martina se negó a que Ulises le contara nada del viaje y tampoco le pidió ninguna justificación de su ausencia. Se limitó a estar a su lado y después de otro rato de silencio le tomó la mano y los dos quedaron así mirando la playa. Lo único que a Martina le importaba era que Ulises siguiera existiendo. Y por su parte Ulises comenzó a sentir que aquella suavidad que al principio percibió en la mano de la mujer se iba haciendo cada vez más férrea hasta convertirse en una tenaza. Al tratar de librarse de ella para agarrar el vaso supo que Martina no estaba dispuesta a soltarlo, pero ella no dejaba de sonreír de la manera más dulce posible.

—He dado la vuelta al mundo para saber que te quería y que nunca podría vivir sin ti —dijo Ulises.

—Mientes muy bien para estar muerto.

—¡Te he soñado tanto!

—Yo sólo he llorado —exclamó Martina—. Te he llorado como se llora a los muertos.

—¿Creías que había muerto? —preguntó Ulises.

—En la iglesia te hicimos un funeral. Si a uno le rezan de esa forma tiene una gran responsabilidad cuando resucita.

—¿Qué vamos a hacer ahora?

—No sé. Tendré que pensarlo —dijo Martina.

Ulises trató una vez más de soltarse de la mano de aquella mujer sin conseguirlo por mucho que simuladamente forcejeaba. Cada intento de librarse de ella sólo le arrancaba una sonrisa más enigmática. Ulises temía que de un momento a otro Martina rompiera a gritar, a llorar, a insultarle en medio de la gente que tomaba el fresco en la terraza de la Rosa. Tenía la sensación de que la mujer estaba realizando desmesurados esfuerzos por controlar una tempestad acumulada en su interior durante diez años. Un muerto no vuelve al mundo de una manera tan informal y se aparece a su amante con un beso en la mejilla. Por su parte si Martina se agarraba a aquel ser con tanta fuerza era porque trataba de impedir que su sueño se desvaneciera. Por nada de esta vida estaba dispuesta a perderlo ahora.

Más allá del esfuerzo que Ulises y Martina hacían para demostrar que el espíritu gobierna todo el azar había llegado el momento de hablar de cosas reales. Ulises le dijo que su aventura había terminado. En un barco carguero había atracado en el puerto de Valencia sin dinero, sin ropa, sólo con unos cuantos libros y mapas y con un pasaporte expedido en un consulado de la isla de Corfú. Durante un mes anduvo merodeando de noche por Circea sin atreverse a presentarse hasta que le dio la locura aquella noche de la fiesta en que entró en su mansión junto con el servicio de los camareros sabiendo que nadie le reconocería sólo para confirmar su nueva situación, según había sabido por los rumores. Desapareció de la fiesta igualmente sin levantar ninguna sospecha. Ahora vivía en un centro de acogida de inmigrantes, mendigos y vagabundos en el poblado marítimo, al que no estaba dispuesto a volver.

Después de escuchar este somero relato Martina soltó la mano de Ulises y comenzó a llorar tenuemente y mientras lloraba él le decía que la amaba, que no le dejara, que todo cuanto había aprendido en el viaje había sido para poder contárselo a ella, que había llegado convertido en otra persona.

—¿Qué puedo hacer yo ahora? Estoy casada, tengo dos hijas, mi marido me quiere, es muy bueno conmigo pero podría matarme si lo abandono —se hablaba a sí misma la mujer entre sollozos.

—Yo te quiero —le dijo Ulises.

—Han pasado diez años. ¿Comprendes?

—Tienes que perdonarme. Voy a contarte qué sucedió en realidad.

—No quiero saber nada. Déjalo. No cuentes nada. Tienes que seguir muerto como estabas. Es la única forma.

—No entiendo.

—Está muy claro. Tú no existes.

—¿No existo?

—Toma este dinero. Ahora tengo que volver a casa. Tú no existes, tú no existes, ¿entiendes? Es la única forma. Toma este dinero —repitió ella obsesivamente.

Martina sacó de la cartera unos billetes y se los ofreció a Ulises, quien los aceptó mecánicamente y sin contarlos y ni siquiera mirarlos se los metió en el bolsillo. Martina le dijo que cambiara de dirección, que se instalara en el hotel Astoria y que estuviera pendiente del teléfono. Después, camino del aparcamiento, cuando Ulises le insinuó una caricia y trató de pegarse al cuerpo de la mujer y le dijo que la deseaba más que nunca, Martina lo apartó con un gesto tal vez demasiado rudo. Rechinaron con fuerza las ruedas del Jaguar, ella desapareció por el paseo de Neptuno y Ulises se quedó de pie junto a la tapia del balneario de Las Arenas bajo el Partenón azul descascarillado y a cierta distancia nadie hubiera negado que era un vagabundo, el más moderno de los mendigos. Martina volvió a casa llorando a lágrima viva por toda la autopista.

...eres tú, ciertamente,
y no te conocí hasta que pude
tocar todo tu cuerpo con mis
propias manos...

A partir de ese día Martina comenzó a vivir una aventura secreta en la que, sin duda, era dueña absoluta. Ulises había regresado del otro mundo como un guerrero desarmado sin más poder que las fábulas nuevas que hubiera aprendido en la oscura región del Hades, más allá del océano, y puede que su bajada a tierra fuera una breve estadía entre dos cargueros que estaban atracados en el puerto. Tal vez si Martina no hubiera tomado una iniciativa amorosa Ulises habría acabado desapareciendo de nuevo en el mar o se habría convertido en un mendigo en el laberinto de los semáforos de cualquier ciudad moderna.

Martina aprovechó uno de los viajes imprevistos de Alberto para librarse de su estrecha vigilancia, y concertar una nueva cita con Ulises. Durante varios días habían mantenido conversaciones telefónicas a deshora, iniciadas e interrumpidas bruscamente, siempre con angustia, y en las que se había ido forjando entre ellos una dependencia morbosa, no muy distinta de la neurosis. Ahora tenían la oportunidad de probarse de nuevo. Martina disponía de una tarde entera. Primero citó a Ulises en el bar del mismo hotel Astoria donde el náufrago se hospedaba a sus expensas, pero después cambió de opinión pensando que en aquel salón había tertulias de burgueses jubilados y que allí tomaban la merienda unas ancianas de la buena sociedad de Valencia y entre aquella gente instalada alguien podría reconocerla como la esposa del constructor Alberto Sierra y como ella ya traía el pecado dentro decidió llevar a Ulises a una dirección más secreta que fuera apropiada para un aparente adulterio con su primer marido.

Ulises la estaba esperando en la nueva dirección, una esquina de la plaza del Tossal, en el centro del barrio del Carmen y cuando Martina llegó a su encuentro venía con la reserva de una pensión de viajeros de la calle de la Bolsería donde se alquilaban habitaciones por horas y aunque llevaba mucha prisa por descubrir el cuerpo de Ulises y reencontrarse con aquella peca rubia situada bajo la tetilla izquierda que le distinguía del resto de los mortales se avino a tomar primero una copa en El Cafetín de pie junto a la barra.

Bebieron en silencio observándose los dos. Ulises traía un mapa. Después de cada trago se miraban y sonreían. Como dos desconocidos que se han citado a ciegas y no tienen nada que decirse salvo apurar el tiempo nece-

sario antes de comenzar a devorarse permanecían con el licor en la mano y cuando Ulises
hizo el gesto de extender el mapa sobre el mostrador para mostrarle a Martina la situación de
un punto perdido en el océano Índico, semejante a un residuo de mosca, que era una isla de
Indonesia, la mujer rehusó mirar y continuó
bebiendo hasta apurar el vaso. Luego pagó.
A continuación le dijo a Ulises que la siguiera.
Se lo dijo sin palabras moviendo la cabeza sin
más.

Por una acera muy estrecha de la calle
de la Bolsería lo llevaba de la mano, ella delante, él detrás como siendo arrastrado, hasta encontrar el balcón con geranios donde colgaba
el nombre de la pensión La Mallorquina. Ulises sintió que la mano de Martina seguía siendo de acero y esta sensación le atacaba directamente la voluntad hasta anularla. Entraron en
el costroso portal y fueron salvando todos los
obstáculos que se interponían a su paso: una
escalera mugrienta con peldaños de madera
carcomida hasta el tercer piso, una puerta verde repintada, un timbrazo violento que sonó
en el recibidor, una vieja que descorrió la miri-
lla, un gato que maulló de forma siniestra al
ver a la pareja bajo la bombilla del rellano, la
vieja que les obligó a limpiarse las suelas de los
zapatos en el felpudo, un pasillo largo con olor
a repollo, un retrete al fondo, una habitación

a la derecha con el número siete sobre el dintel, una lámpara rosa en la mesilla, un balcón con geranios, una cama grande con cabezal de férreos barrotes muy propios para atar al amante que le guste, un espejo en el armario en el cual se reflejaron los dos cuerpos tal como eran ahora.

Con el balcón abierto y todos los ruidos y voces de la calle dentro de la habitación, sonidos menestrales de pequeños comercios y carromatos, ellos se arrojaron uno contra el otro en la cama desnudándose con los dientes y a medida que descubrían una parte del cuerpo después de cada mordisco les crecía una furia que les impulsaba hacia dentro de sí mismos para salirse al instante con más fuerza. Cuando Ulises quedó totalmente desnudo Martina estaba también desnuda y tendida, jadeando los dos como caballos que llegan juntos a una meta con sólo media cabeza de ventaja la yegua y la claridad que entraba por el balcón era suficiente para descubrir sobre la piel sudorosa cualquier seña de identidad. Martina buscó con los labios aquella peca rubia de Ulises bajo la tetilla izquierda y ni siquiera tuvo tiempo de alegrarse de encontrarla exactamente igual porque de pronto sintió que Ulises la poseía con una fuerza desmesurada y era como si una ola la cubriera y llenara de agua el fondo de su memoria.

Los gritos de placer que Martina emitía llegaban hasta la calle. Los jilgueros y canarios colgados dentro de las jaulas en las ventanas callaron, un tendero de ultramarinos se preguntaba qué guerra había allí arriba y hubo un grupo de gente que se quedó en la acera dispuesto a aplaudir la grandeza y calidad de aquel orgasmo que fue súbito y sin que mediaran previas palabras de amor o de deseo.

—¿Qué pasa ahí arriba?

—No es nada —contestó un peatón avezado—. Sólo es una mujer que está muy contenta estrenando el mundo.

Martina no se reconoció a sí misma en la profundidad de aquel placer, ni en aquellos gemidos, ni en la experiencia del amante que tenía en sus brazos, ni en el sudor que expelía. Toda la energía erótica acumulada durante diez años con tantas noches de soledad, las lágrimas reprimidas, aquella melancolía potenciada por la muerte acababa de saltar de su cuerpo quebrándolo por la cintura. Puede que haya mujeres que por miedo a perder su seguridad se sometan a un hombre. Martina encontró su fuerza para someter a Ulises sólo en el placer que le proporcionaba su posesión y a partir de ese momento su poder no hizo sino crecer hasta apoderarse de aquel cuerpo por completo como una de las serpientes de Laocoonte.

—¿Recuerdas nuestra noche de bodas? —preguntó Martina encendiendo un cigarrillo después de este primer asalto.

—La recuerdo muy bien. Había unos borrachos que cantaban en la playa.

—Me contaste una historia de serpientes que salen del mar.

—Las serpientes de Laocoonte.

—Entonces no tenías ni idea de lo que era una mujer —murmuró Martina.

—No sabía nada —dijo Ulises boca arriba con los ojos cerrados.

—¿Dónde están los dientes que te dejé clavados en la barbilla? La cicatriz ha desaparecido.

Con la mano que le dejaba libre el cigarrillo Martina acariciaba el cuerpo de Ulises y de forma inconsciente iba también en busca de la peca rubia que tampoco estaba. ¿No la había sentido en sus labios mientras se corría? No le dio ninguna importancia a este suceso. Otras partes del cuerpo de su amante no eran las mismas. Sus brazos parecían más fuertes o tal vez sabían abrazar mejor; su voz era más segura; su pecho estaba más curtido; aquel dedo del pie seguía siendo griego, pero en aquel hombre esta fortaleza física no significaba nada ya que parecía una forma de la naturaleza. Tal vez Martina también había cambiado.

—La noche de tu fiesta, cuando te vi después de tantos años, creí que eras otra mujer —dijo Ulises mirando el techo descascarillado.

—Me sorprendiste en la cocina. Todo fue muy rápido, como dicen que se aparecen los muertos —dijo Martina.

—No creas. Me tomé algunas ventajas. Te estuve contemplando mucho rato.

—¿De veras?

—Esa noche te serví algunas copas en el jardín sin que me reconocieras. También vi a nuestro hijo.

—¿Eras uno de los camareros?

—Puedo decir lo que tomaste. Tres naranjadas con vodka, tu bebida preferida. ¿No es cierto?

—No recuerdo —dijo Martina.

—Con la naranjada en la mano muy cerca de la piscina hablabas con unas amigas de un viaje que ibais a hacer con vuestros maridos a Miami este mes de septiembre.

—Así es —reconoció Martina.

—Yo estaba de pie a tu lado.

—Ah. Pero no voy a hacer ese viaje. Alberto quiere que lo acompañe. No pienso ir.

—¿Por qué?

—No sé.

—¿Se lo has dicho a tu marido?

—No.

—¿Por qué no quieres ir?

—Porque has llegado tú. No voy a ir nunca a ninguna parte —dijo Martina.

Ulises logró que la mujer le dejara extender el mapa sobre su vientre desnudo y aquella cartulina azul era como un extenso mar que le cubría gran parte del cuerpo. Con el dedo índice Ulises fue señalando un itinerario y sólo pronunciaba durante ese trayecto los nombres imprescindibles. Estrecho de Gibraltar, islas de Cabo Verde, África del Sur, islas de la Reunión, océano Índico, Ceilán, estrecho de Malaca, Medan y con el dedo trazaba sobre el cuerpo de Martina cada puerto donde en la primera travesía hacia Sumatra había atracado. Al final de ese viaje Ulises por debajo del mapa dejó su mano sobre el sexo de la mujer.

—Cuéntame una historia —le dijo ella.

—¿Cualquier historia?

—Algo que te haya sucedido en un lugar muy lejano.

—Cuando llegué a Shanghai aquella noche estaban sonando las gabarras del río Whangpoo y con el dinero ahorrado en uno de mis trabajos de pescador de corales en el mar de Célebes me instalé en el hotel Cathay, en una de aquellas habitaciones altas y descalabradas que tal vez habían ocupado algunos personajes de las novelas de Vicki Baum o de Conrad o de Somerset Maugham. Llegué de noche con mi maletín de fuelle como un viajero inglés después de un aguacero tropical que había llenado la calzada Nanking de charcos malolientes donde se reflejaba la luna llena. La habitación del hotel Cathay tenía un armario tan grande como un apartamento en el que uno podía entrar caminando y al abrirlo vi que allí estaba colgado un esmoquin blanco y un vestido negro de mujer muy estrecho con una abertura en un costado y una flor de seda roja bordada en el pecho, tal vez una ropa que habían olvidado los huéspedes anteriores. Me probé el esmoquin. Era de mi talla exactamente. Me sentaba muy bien. Me lo puse para ir esa noche a jugar a la ruleta en una timba clandestina de la putrefacta calle de Scechuan. Estaba perdiendo todo el dinero por mi empeño en apostar al siete. De pronto vi que estaba a mi lado una mujer muy hermosa de pelo corto laqueado que lucía el mismo vestido que había visto en el armario del hotel, con la misma rosa bordada y una abertura en el costado que dejaba ver una pierna esplendorosa. Aquella mujer me dijo que pusiera todo mi caudal en el cero e incluso guió mi mano suavemente para que lo hiciera. La bola cayó en el cero. Repitió tres veces la misma suerte. Cuando volví el rostro para agradecerle mi gran fortuna la mujer se había ido. De regreso al hotel abrí el armario de la habitación y aquel vestido también había desaparecido. Había una mujer en Shanghai que lo vestía.

—¿Ya está?

—Ésa es la historia —exclamó Ulises.

—Te daré mi cuerpo y todo mi dinero mientras me sigas contando esas cosas —dijo Martina.

Como único patrimonio Ulises sólo tenía un viejo mapa donde los países habían cambiado de lugar pero no los mares. También tenía otras muchas historias que contar y una forma de amar a las mujeres que había aprendido en una escuela de amor de Manila que también era burdel.

—¿Quieres probar?

—Bueno —aceptó Martina sonriendo.

—Tengo que atarte —dijo Ulises.

—Bueno.

—Y taparte los ojos.

—Bueno.

Ulises cubrió los ojos de Martina con un pañuelo de seda y luego le ató las manos en la cabecera de hierro y también cada pie en una esquina de la cama. Puesta en forma de aspa la mujer se dispuso a aprender la primera lección traída de algún país exótico. Consistía en que el amante no iba a tocarla ni a acariciarla en absoluto sino a pasarle un soplo de aliento suavemente por toda la superficie de la piel, sin olvidar ningún entresijo, hasta detenerse siempre en el sexo como si un viento barriera hacia ese punto toda la energía que emanaba de su carne. Era un ejercicio muy duro. Requería que la mujer se concentrara en su propia inmovilidad. Sólo en eso. Al cabo de un tiempo Martina sintió que sus muslos comenzaban a arder y que el fuego se propagaba hacia el interior del vientre. El aliento de Ulises lo alimentó sin necesidad de pronunciar una palabra hasta que Martina vio la oscuridad de sus ojos iluminada por un estallido de sí misma.

—¿Otra vez? —exclamó el tendero de ultramarinos mirando hacia el balcón de los geranios.

—Otra vez, sí señor —contestó el dependiente—. El mundo corre, el mundo corre, sí señor.

Y este amor llegó hasta las sombras de la tarde y en la calle se oían bajar los cierres de los comercios y también fueron retiradas las jaulas de los jilgueros y canarios de las jambas de las ventanas. Después de abandonar la pensión, pasadas cuatro horas de pasión, Martina estuvo tomando copas con el náufrago en el laberinto del Carmen que ya tenía los paredones dorados por el crepúsculo y antes de que oscureciera del todo y se encendieran los luminosos de los bares ella decidió llevarse a su amante consigo y dejarlo instalado en un lugar seguro, cerca de Circea para tener un acceso a él más rápido y propicio. Le compró una bolsa de aseo y una mochila nueva con la ropa sucinta. A ese equipaje Ulises sólo aportó un mapa antiguo con varios itinerarios sobre el agua.

Después de una hora de viaje lo dejó esa misma noche en medio de un valle de naranjos al pie de unas terrazas escalonadas que conducían a un hotel que antiguamente fue monasterio o abadía. Lo había rehabilitado la constructora Hispano-Alemana, de la que Alberto Sierra era presidente, y el edificio conservaba el claustro, la iglesia y la traza monacal en las habitaciones y pasillos. Ulises se registró en recepción con su pasaporte a nombre de Andreas Mistakis y puesto que no llevaba equipaje le exigieron la tarjeta de crédito o dinero por adelantado. Ulises pagó la estancia de tres días con un puñado de billetes crispados, el único dinero que le había proporcionado Martina.

—No tienes que moverte de aquí —le dijo la mujer al dejarlo en la puerta.

—Está bien —contestó Ulises.

—No necesitas nada más.

—No.

—Mañana vendré a verte.

Cuando Martina llegó a casa Alberto, que había adelantado el regreso del viaje, estaba cenando con una bandeja en las rodillas delante del televisor. Ella le dio un beso en la mejilla y después cruzó la sala con la dudosa naturalidad de una adúltera primeriza para refugiarse en el primer cuarto de baño que encontró a mano. Esperaba que el marido le hiciera unas preguntas embarazosas pero cuando salió de nuevo a la sala Alberto parecía muy comprometido con lo que sucedía en la pantalla y, sin ser interrogada, Martina subió al cuarto de las niñas y les hizo una caricia aunque ya estaban dormidas, pero esa noche tuvo que pasar por el trance de ofrecerle una representación libidinosa a su marido sin poder alegar ninguna jaqueca, de modo que llegado el momento inevitable comenzó a mover la pelvis y a emitir jadeos fingidos por debajo de la carnosa axila del poderoso constructor que la adoraba y al mismo tiempo la aplastaba con un peso muerto muy difícil de soportar. Martina aprovechó su falta de resuello muy próxima a la asfixia para imitar uno de esos orgasmos hacia adentro, con lo que el marido, dándose por satisfecho, una vez eyaculado se volvió de lado y se puso a roncar dejándole a Martina toda la oscuridad libre para soñar con el náufrago, con mares muy azules y con garitos de orientales donde cantaba una mujer amarilla de pelo laqueado cortado por la mejilla, vestida de seda pegada.

No estaba dispuesta a renunciar a ninguna de las dos cosas, ni a la riqueza sobrevenida ni a aquel amor sellado. Ser la mujer de Alberto Sierra le daba una posición social que saciaba cualquiera de sus caprichos; tener aquel amante secreto y que éste no fuera otro que su antiguo marido convertido en un resucitado le llenaba la imaginación hasta un extremo muy morboso porque no sabía si acostándose con él cometía pecado o regalaba flores moradas y carnosas a los muertos.

Además tampoco lograba imaginar otra salida. Si de pronto un día Ulises se presentaba en sociedad, Basilio con sus ochenta años cumplidos agarraría aquel arpón que se había guardado de recuerdo y le daría dos estocadas al aparecido, las dos probablemente mortales, la primera para comprobar si aquel fantasma era real y el acero encarnaba, y luego otra para rematarlo por haber humillado así a su hija quitándole la honra con su fuga y ahora su riqueza con su regreso a la tierra. La madre de Martina, la señora Roseta, moriría del susto, con lo que habría un funeral doble en la parroquia. A su vez Alberto tenía los mejores rifles para jabalíes y el orgullo proporcional a cada uno de ellos.

Esta situación límite en que vivía la excitaba mucho. El destino consistía en que Ulises se sintiera enganchado a un arpón, que su libertad no fuera más allá del juego del sedal y que no tuviera otro horizonte que no fuera el cuerpo de Martina. Adondequiera que mirara estarían sus ojos. De ser así ella cultivaría esa pasión de tal modo que haría vivir a su amante bajo múltiples formas. Ahora lo había instalado como viajero sin equipaje en un hotel de cinco estrellas a media hora de coche, de modo que podría visitarlo sin despertar sospechas. Lo había dejado allí, sabiendo el riesgo que corría, porque en esas ruinas monacales antes de ser restauradas anduvo ella esquivando los embates amorosos de Alberto y luego era el lugar preferido por él cuando algunas tardes de domingo la llevaba allí para poseerla en la sacristía, detrás del altar, junto al órgano del coro o en la habitación del propio abad. Precisamente la suite que Ulises ocupaba había sido la celda principal de ese monasterio cisterciense. Las ventanas daban al claustro y a un valle de naranjos. A esa altura de la temporada el hotel estaba casi vacío, de modo que Ulises pasó las horas vagando por los distintos salones a la espera de que sonara el teléfono con la llamada de Martina que no se produjo hasta la tarde del segundo día de estancia.

Como propietaria que era del hotel podía atravesar el gran vestíbulo taconeando con orgullo ante las reverencias de los recepcionistas pero optó por colarse como una ladrona por la puerta secreta que había en el almacén de víveres detrás de las cocinas. Le fascinaba hacerlo de este modo, abriendo el almacén de víveres, llegando hasta el fondo de un pasillo que daba al cuarto de calderas, cruzando agachada por un sótano muy húmedo que servía de bodega, teniendo que quitarse los zapatos para que no la oyeran los cocineros, subiendo por una escalera de cemento para llegar al garaje y tomando allí el montacargas hasta la última planta donde estaba la suite principal con el náufrago dentro esperándola. ¿Qué podría imaginar cualquiera del servicio si la sorprendía descalza con los zapatos de tacón en la mano huyendo por el pasadizo de los calentadores? Era lo que más la excitaba.

Llegó furtivamente. Dio con los nudillos en la puerta de la suite y le abrió Ulises desnudo y de bronce como el atleta de Anteketera, aunque llevaba unos calzoncillos con dibujos de Walt Disney. Donde antiguamente meditaba el abad ahora había una lujosa cama de máxima extensión y un baño con yacusi de estilo entre monástico y grecorromano. Martina abrió el minibar y se preparó una naranjada con vodka. Ulises descorchó un benjamín de champán y con la copa en la mano, agarrados por la cintura, contemplaron el valle de naranjos sin hablar, bebiendo lentos sorbos, y al final del silencio dijo Martina:

—He venido para que me cuentes otra historia.

—Después.

—Una historia que no sea real.

Ulises se tomó un segundo benjamín de champán antes de llevar a Martina a la cama. Mientras la acariciaba suavemente le decía que en el barrio más fétido de Hong Kong hay un altar llamado de *Los Diez Mil Budas* que da entrada a un laberinto muy peligroso al que sólo se atreven los asesinos, los misioneros y los exploradores más desesperados. En ese laberinto defecan los dragones.

—Un día estaba yo de rodillas en las escalinatas de aquel templo quemando virutas de incienso ante la tripa de uno de esos Budas y había formulado un sueño escrito en una papelina azul que deposité doblada en una gran arqueta de ébano que había a un lado del altar.

Al parecer, las caricias que Ulises estaba ejerciendo sobre el cuerpo desnudo de Martina eran más excitantes que aquella historia porque la mujer le pidió que callara para poder concentrarse en sí misma bajo el cuerpo de Ulises y muy pronto desde el claustro comenzaron a oírse sus gritos. El hotel estaba deshabitado y la sonoridad de sus distintos ámbitos era tan profunda que a veces aún podían escucharse ecos de antiguo gregoriano, cánticos de monjes prerrenacentistas, pero ahora en su lugar llegaban hasta el vestíbulo los gemidos del amor más profano. Ante el orgasmo desmesurado de Martina cuya resonancia podía atraer a los criados e incluso al servicio de emergencia Ulises no sabía qué hacer. De pronto tomó uno de los tapones de la botella de champán que estaba en la mesilla y lo colocó en la boca de la mujer para acallarle los alaridos, pero ella mordió el tapón con tanta fuerza que lo partió. Ulises tuvo que auxiliarse con el corcho de la segunda botella y al ver que Martina lo hacía saltar de sus dientes otra vez hasta el techo, comenzó a comprender hasta qué punto era amado por esta mujer.

Aunque había logrado contener lo más rudo de los gemidos, Ulises no pudo evitar que desde el vestíbulo algunos conserjes miraran hacia arriba y sonrieran. Pero en ese momento Martina estaba relajada fumando un cigarrillo y se disponía a oír la segunda parte de la historia.

—¿Qué clase de sueño escribiste en aquel papel? —preguntó Martina.

—No era realmente un sueño, sino el recuerdo de una mujer —contestó Ulises.

—¿Cómo era?

—Después de ofrecer virutas de incienso en las gradas del altar, me senté a la sombra de un magnolio junto a un monje ciego y centenario que contaba historias de princesas de la dinastía Ming.

—¿Entendías el idioma que hablaba?

—Lo entendía muy bien, aunque para eso tenía que cerrar los ojos. Contaba la historia de una princesa que hace mil años se enamoró de un viajero que llegó de una región desconocida. Temerosa de perderlo lo encerró en el sótano de su palacio y cada tarde lo visitaba y lo iba devorando de amor. El viajero no encontraba la salida. Aquella mazmorra no tenía puertas ni ventanas, las paredes eran de sillares de granito y detrás había fosos con caimanes. La única forma de escapar era seguir amando a la princesa hasta el fin y abrazarla como si fuera la muerte al despedirse de ella cada tarde. En aquel papel escribí tu nombre. Cuando la arqueta se llenó de boletos con otros deseos que depositaban allí los fieles uno de los monjes que atendía el templo la vació sobre una llama perenne que ardía a los pies de Buda. Los deseos se quemaban. Mientras el humo rodeaba la gran barriga de Buda aquel monje ciego y centenario bajo el magnolio me dijo: «Si quieres escapar y ser libre de nuevo y seguir navegando convence a esa mujer de tus sueños que muera contigo, sólo dentro de su cuerpo encontrarás la salida».

Cuando Ulises terminó de contarle la historia de la princesa carnívora Martina le dijo que no había podido eludir el viaje a Miami con su marido. Sin escuchar el final del relato comenzó a vestirse y mientras se calzaba los zapatos de tacón le anunció que había pensado llevarlo mañana a otro lugar más tranquilo y seguro. Ella misma realizaría el traslado. Al día siguiente a la una de la tarde deberían encontrarse en el cruce de la carretera general. No tenía que preocuparse por nada. Estaba todo estudiado. Y dicho esto se despidió con un pescozón cariñoso en los genitales del náufrago, bajó por el montacargas y salió del hotel como una furtiva a través del sótano de donde arrancaba un pasaje secreto que antiguamente daba a la huerta del convento.

A la hora convenida Martina llegó en el Jaguar al cruce de la carretera y allí la esperaba Ulises en el arcén con la mochila a la espalda como un viajero de autostop. Ella le abrió la puerta y al entrar le dijo que se tumbara en el asiento de atrás y se cubriera el cuerpo con una manta que había allí. Partieron hacia la playa de Circea como si lo llevara secuestrado. El coche se metió en un bosque de apartamentos de una urbanización que en ese tiempo ya estaba deshabitada. Ante el edificio de veinte plantas totalmente vacío Martina accionó el mando a distancia y se descorrió primero la verja del jardín y luego la puerta metálica del garaje. Antes de meterse en el estacionamiento del primer sótano de aquel rascacielos que no contenía ni una sola alma Martina le dijo a Ulises que ya podía levantarse. Mientras subían en el ascensor hasta el último piso la mujer añadió:

—Si mi padre supiera que estás vivo te mataría, imagino que te das cuenta.

—Lo sé. Nunca he dejado de pensar en aquel arpón — contestó Ulises.

—Tiene ochenta años y el mal carácter no ha hecho más que aumentarle cada día. Ese anciano te ve por la calle, te mete un hierro y se queda tan ancho. Incluso juró que lo haría, creo recordar.

—Sí.

—Alberto, en cambio, se desharía de mí, si supiera que me acuesto contigo. Me quiere mucho. Puede que me perdonara que tuviera un amante cualquiera, pero no soportaría que le engañara con un muerto.

—Yo no estoy muerto —exclamó Ulises muy herido.

—Perdona —murmuró Martina.

El ascensor paró en la última planta pero aún había que subir una escalera hasta el ático. Este pequeño apartamento tenía un salón y una habitación, un cuarto de baño con muebles escuetos e imprescindibles, una cama simple, un televisor, un tresillo, un calendario. El salón parecía colgado en el abismo del mar porque a través de un gran ventanal sólo se veía el mar y nada más que el mar, y el firmamento. Formaba el propio edificio de veinte plantas un lujoso acantilado, pero la austeridad del apartamento contrastaba con el enorme frigorífico atiborrado de comida congelada. También los armarios de la cocina estaban repletos de latas de conserva y otros envases que contenían toda clase de víveres muy apropiados para resistir un largo asedio.

Mientras lo aposentaba en el piso Martina envolvía con palabras cariñosas a Ulises como si hablara a un niño a quien se va a dejar en un internado. Ella tenía que ir a Miami. Después de todo diez días de separación no eran ninguna tragedia si se comparaban con los diez años de abandono que ella había tenido que soportar. Martina le dio instrucciones para manejar el horno, el microondas y la cafetera y ambos compartían a la vez unas caricias y los electrodomésticos. Antes de despedirse quedaron en silencio rodeados de azul por todas partes. Martina le prometió que durante el viaje en ningún momento dejaría de pensar en su amor. Su obligación era esperarla. Y allí junto al ventanal se dieron un beso y la mujer partió después de abandonar a Ulises satisfecho en la cama desde la cual también se veía el mar y sólo el mar y unas nubes que vagaban sobre su cabeza. Desde la cama el náufrago oyó el golpe de la puerta, el sonido de las llaves en las tres cerraduras blindadas, unos tacones que se alejaban por la escalera, el zumbido del ascensor y finalmente un silencio neumático.

Era el único habitante en todo aquel edificio de veinte plantas y al levantarse después de un largo sueño Ulises Adsuara comprobó que aquel ático estaba totalmente clau-

surado sin posibilidad de escapatoria si no sabía volar. De nada le serviría pedir auxilio ni
desesperarse. Pero escapar de Martina era algo
que Ulises ni siquiera se había planteado porque
fuera de ella el mundo no existía después de
haberlo recorrido entero. Por otra parte se hallaba en completa armonía consigo mismo. No
necesitaba nada más que lo que Martina quisiera proporcionarle en la soledad de aquella cima de un edificio envuelto en azules cuyo aposento formaba un espolón de cristal colgado
en el abismo o tal vez naufragado en las pro-
fundidades del mar.

Con otros matrimonios amigos e igualmente acaudalados, terminado el fragor del verano, Alberto solía hacer un viaje de placer al
extranjero y en esta ocasión el destino era otra
vez Miami con la excusa de visitar uno de los
salones náuticos para comprar un yate nuevo.
Martina se había resistido hasta el final. La
aventura interior que estaba viviendo le apa-
sionaba mucho más que cualquier otro lujo,
tener a un resucitado como amante no era algo
que pudiera explicar, pero habiéndolo guardado por unos días en un lugar seguro no quiso
enfrentarse a su marido para no levantar sospechas. Después de todo ella podría conseguir
durante el viaje uno de sus más deseados caprichos.

Alberto no quería otro velero. Prefería un yate de motor con todas las comodidades para ir a tomar el aperitivo a una cala. Pero Martina siempre había soñado con ser la propietaria de aquel barco en el que un día de su adolescencia vio a Yul Brynner vestido de esmoquin tomando champán en cubierta. El *Son de Mar* muy deteriorado y a punto del desguace aún se encontraba atracado en el puerto y desde la misma noche de bodas Martina no había dejado de insistir en que Alberto lo comprara, lo restaurara y se lo regalara, pero este capricho no había sido satisfecho ya que Alberto lo consideraba un cacharro irrecuperable más allá de los sueños.

Después de pasearse por miles de stands de la feria náutica más completa y fastuosa del mundo donde se exponían todas las embarcaciones imaginables Martina no pudo arrancarle a su marido la promesa de que le regalara el *Son de Mar,* pese a que le había abierto las piernas siempre que quiso en las noches calientes de Miami. Aquel yate en el que un día habitó Yul Brynner apenas era ya navegable pero había envejecido con mucha nobleza. Tenía buen porte, la bandera deshilachada, el púlpito vencido, los candeleros rotos, las dos cubiertas y varios mamparos derrotados, como si estuviera cansado de seguir todos los rumbos que la imaginación de Martina le había marcado sin haber abandonado el atraque. Estaba amarrado en el extremo de un pantalán del náutico municipal y de allí no se había movido desde hacía muchos años. Siempre que Martina le ofrecía sin remilgos su tesoro o prenda adorada a Alberto, éste correspondía con una dádiva material pero esta vez el potentado no transigió en hacerle ese regalo a su mujer, más que nada porque intuía que aquel barco destartalado contenía demasiados sueños que él no compartía.

No se puede decir que el viaje a Miami fuera infeliz. Estas parejas de ricos probaron toda clase de placeres que están muy próximos al plástico, adquirieron un bronceado sobre otro bronceado, admiraron las mansiones que están al borde de los cayos y sintieron que su riqueza no era nada comparada con la de los millonarios de verdad, se compraron camisas con palmeras estampadas, zapatos dorados, artilugios caprichosos, aparatos electrónicos, vitaminas de todos los colores. Cuando ya tuvieron todos los caprichos satisfechos, Alberto encargó una cría de caimán que iba a recibir por correo contra reembolso.

—Cariño, ¿no crees que será peligroso para las niñas? —dijo Martina en el momento de elegir una de aquellas fieras del acuario.

—Me gusta ése —señaló Alberto.

—¿Le gusta ése, señor? —preguntó el vendedor de cocodrilos que atendía el negocio.

—Ese que parece tener más mala leche —dijo riendo Alberto.

—Muy bien, señor. Dentro de ocho días lo recibirá usted en casa.

—Cariño, ¿dónde vamos a poner este animalucho cuando crezca? —exclamó Martina muy alarmada.

—Mientras sea pequeño estará con nosotros en la piscina para que jueguen con él las niñas. Cuando crezca lo llevaré conmigo a la oficina —dijo Alberto.

Ya se había instalado la luz de octubre que matiza los perfiles de la naturaleza al final del vapor harinoso del verano cuando Martina regresó a Circea después de aquel viaje de placer conyugal forzoso. En su ausencia había acaecido el primer temporal de otoño con aguaceros que se llevaron al mar todos los alacranes de los barrancos con una furia extrema y en su lugar, por debajo de las mismas piedras donde estas criaturas desarrollaron la cola, crecieron las últimas plantas silvestres de la temporada.

Con el ánimo suspendido Martina se dirigió a la urbanización de la playa cuyo edificio más alto contenía en la cumbre a su amante. No funcionaba el ascensor. Martina tuvo que subir a pie las veinte plantas con la bandeja de pasteles en la mano. La soledad de esa ascensión era absoluta. Sus pasos resonaban por el hueco de la escalera de mármol sin hallar otra respuesta que sus propios pasos que llegaron a perseguirla y atemorizada de sí misma llegó jadeando al último rellano, tomó resuello apoyada en la pared y luego puso suavemente los tres llavines en las cerraduras, abrió la puerta con cautela y al instante la recibió un golpe de aire estancado que olía muy humanamente a sudor seco y a humo frío. Había un gran desorden en el salón, trozos de bocadillos en el suelo, tazas de café sobre el televisor, ceniceros repletos de colillas, platos sucios encima del tresillo, pellejos de salchichón junto a las sandalias. En el calendario de pared Martina observó que estaban tachados con una cruz los diez días que ella había estado ausente. No quiso levantar la voz. La mujer se limitó a entreabrir con ansia contenida la habitación donde suponía que debía estar su amante y se encontró con que Ulises se hallaba desnudo durmiendo boca arriba. El ventanal de aquel cuarto también lo ocupaba por completo la mar. Martina se sentó al borde de la cama y no quiso despertar a aquel hombre que dormía tan profundamente. Se puso a contemplar su cuerpo con un rigor amoroso para descubrir en su superficie la causa de tanta seducción y así estuvo un tiempo sonriendo.

La habitación estaba colgada en el espacio entre dos azules y el día era claro porque

soplaba mistral y desde la altura de la última
planta no se veía otra cosa que no fuera el aire
y el agua muy nítidos. Todo era absolutamente puro al otro lado del cristal, pero dentro del
recinto el cautiverio amoroso de Ulises había
creado una densidad humana muy concentra-
da. Ahora dormía. Cuando Martina se inclinó
sobre su cuerpo para besarlo él siguió durmiendo pero hizo un gesto complacido porque desde el fondo del sueño sabía que la mujer había
regresado.

Martina comenzó a acariciar a Ulises dormido y a medida que lo iba poseyendo creía que
rescataba a un náufrago en el fondo del mar ya
que ella no veía más que azul fuera del cuerpo
de Ulises. A medida que crecía el placer de Martina él se fue despertando y su instinto pronto
comenzó a responder. Durante este acto de posesión Ulises hablaba de forma inconsciente de
un largo viaje como si relatara una pesadilla en
el diván de un psicoanalista.

—Una mujer, aquella que conocí en la
fiesta del verano, vino a mi encuentro en alta
mar. Abandoné mi barca. Subí a su velero.
Partimos hacia el sur. Con ella recorrí medio
mundo antes de que me abandonara, o tal vez
la perdiera, en Benarés, junto a las escalinatas
del Ganges. Aún llevo fundido en la memoria
el humo de aquellas hogueras de cadáveres, el
sonido de las flautas que levantaba a las cobras

y las enseñanzas de un mendigo brahmán que al preguntarle yo cómo podría encontrar a la mujer que había perdido me dijo: «Si aprendes a verla dentro de ti mismo, no tendrás necesidad de buscarla en ninguna parte». A partir de esa lección comencé a vivir solo y me hice buhonero al servicio de un fabricante de collares que me enseñó los misterios del ámbar. ¿Sabías que el ámbar sirve para preparar brebajes de amor y tiene propiedades visionarias?

—No lo sabía —dijo Martina.

—Algún día te enseñaré a experimentar sus efectos aspirando diversas aleaciones con una caña de bambú por la nariz —añadió Ulises aturdido bajo el cuerpo de Martina.

—Sólo quiero saber una cosa —dijo ella.

—¿Qué cosa quieres saber?

—¿Quién era la mujer que salió a tu encuentro en alta mar? No me importa que te fueras ni dónde hayas estado. Sólo quiero saber cómo era ella.

Sin responder a esta pregunta Ulises siguió hablando de un modo inconsciente, aún medio dormido, de su paso por Teherán donde aprendió a descifrar los jeroglíficos de los alfanjes en un fumadero de opio. Una de las frases grabadas en la hoja de un puñal decía: *Con este acero hago yo a los amigos, no sientas ningún temor.*

     —Luego pasé la mar. Atravesé el desierto de Arabia con unos camelleros de Sudán que conocían de oído los misterios de las minas de Ofir y me enseñaron a cocer polvo de oro con flores de melisa para curar la melancolía.

     —¿Quién era aquella mujer? —volvió a preguntar Martina.

     —Nadie.

     —¿Nunca existió?

     —Si existió alguna vez sería la más parecida a ti —contestó Ulises a punto de despertar.

     Cuando Ulises despertó del todo ya tenía el amor hecho y Martina desnuda a su lado comía pasteles y le introducía otros al amante en su boca, hojaldres, trufas, tocinos de cielo. Entre ellos no se hacían preguntas formales ni se intercambiaban noticias de cuanto sucedía en el mundo. Ulises ya sabía que durante su ausencia muchos amigos habían muerto. Martina le había contado que el marinero Quisquilla, el pescador redivivo Requena, llamado Jonás, el demente Jorgito, la propia estrella de Hollywood, Tatum Novack, que fue su novia una madrugada ya no existían. Ulises conocía pormenores de su hijo Abelito que ya era adolescente pero ni siquiera había preguntado por él a Martina. Cuando por este motivo la mujer sospechó que aquel aparecido era un extranjero, Ulises le reparó las dudas al decirle que había visto al muchacho aquella noche de la fiesta con su primera copa en la mano y que él fue quien se la sirvió.

La familia era algo secundario. La atracción que ejercía Martina borraba cualquier realidad más allá de sus cuerpos. Era una pasión entre dos seres y nada más. La noche en que Ulises se presentó en el jardín de la mansión supo que aquel adolescente era su hijo. Iba vestido como un vástago de empresario que se presenta en sociedad ante una multitud de hombres de negocios.

—Cuando pasé por su lado con la bandeja de bebidas el chico me preguntó qué podía tomar.

—Muchacho, ya tienes edad de tomar el primer whisky —le dije.

—Lo voy a hacer a su salud porque usted es un camarero simpático que me cae bien —contestó el jovenzuelo eligiendo ese licor entre otras copas.

—Gracias. Es usted muy amable, señorito —le dije.

—Oiga, ¿qué es eso que le asoma por el bolsillo? Parece un pescado.

—En efecto, es un atún —contesté.

—¿Está fresco?

—Lo pesqué en la isla de Sumatra.

—¿De veras? —exclamó riendo el muchacho.

Tampoco Martina le había hablado de aquel hijo que concibieron en la cueva del Caballo junto al barranco del Infierno y ahora estudiaba en el mismo Instituto donde él había dado clases de literatura clásica antes del naufragio. Allí los compañeros le llamaban el hijo del ahogado. Pero estos lances familiares no parecían importar nada a la pareja salvo los que estaban ligados a la muerte.

Martina abrió una persiana de vidrios que había encima del ventanal y una veta de aire puro, llegada directamente del abismo, ventiló el apartamento. Mientras lo adecentaba un poco Ulises contemplaba a la mujer desde la cama, pero ella le dijo que después de dar la vuelta al mundo en solitario tenía que haber aprendido a limpiar la casa y a lavar los platos. Así debían ser los héroes modernos.

—Antes de que te fueras por el mar me contaste que Hércules limpió unas cuadras y gracias a eso consiguió el amor de Venus.

—¿Dónde te conté eso?

—Debajo de un árbol florido, como siempre —dijo Martina.

Ulises se puso a trabajar a su lado en esta labor doméstica y al poco tiempo estuvo de nuevo reluciente y ordenado aquel nido donde Ulises iba a pasar una larga temporada. Martina revisó los víveres de la cocina, comprobó la fecha de caducidad de algunos envases y apuntó en un papel los repuestos que iba a pedir. Luego encendió el televisor y dejó sentado a Ulises en el tresillo frente al aparato. Le dio un beso hondo y le dijo que volvería mañana.

—Cariño, no es necesario que salgas a la calle. Ahí fuera están todos muertos. Y los que viven te quieren matar.

—Claro —murmuró Ulises.

Martina salió del apartamento dejando clausurado a su amante bajo tres llaves. Ulises oía los tacones que se alejaban hacia el fondo del abismo con un sonido que al final ya era de agua.

...cuando hablas de mi muerte,
¿te refieres a este dolor de amor?
Si al hablar de mi muerte
te refieres al castigo que sufriremos
si nos descubren, lo acepto.
Si te refieres al castigo eterno,
lo acepto también...

En la mansión de Martina se celebró una fiesta para agasajar al caimán que acababa de llegar de Miami expedido contra reembolso. Había llegado perfectamente embalado dentro de una pecera de agua pantanosa extraída de las charcas más selectas de Florida y de momento había sido instalado en el salón principal para que pudiera ser admirado por los amigos del potentado. Tener un cocodrilo en casa como uno más de la familia lo consideraba Alberto el grado superior del nivel de vida, por eso aquella tarde los invitados eran amablemente obligados a tomar pasteles alrededor de esa fiera.

Todo el mundo veía a Martina muy contenta aquel día y ese estado de felicidad entre las mujeres siempre levanta sospechas, sobre todo si la esposa fiel manifiesta en público demasiado amor al marido cuando se sabe que lo desprecia en privado. Éste era el caso de Martina. ¿Qué habría sucedido en su loco corazón para que estuviera tan eufórica pasando la bandeja de pasteles de nata y chocolate en torno a aquel caimán que los miraba a todos con ojos asombrados desde la pecera? ¿Por qué se sentía tan feliz pese a que su marido le estaba negando un capricho por primera vez en su vida?

—Alberto no me quiere comprar un barco —dijo Martina a las amigas.

—¿Quieres otro barco?

—No es un barco para navegar ni nada de eso.

—Cada día estás más rara. ¿Para qué quieres otro barco si no te gusta el mar?

—Éste es maravilloso. Sólo sirve para tomar champán en cubierta con el príncipe azul sin salir del puerto. Pero Alberto no quiere —dijo Martina riendo.

Las amigas atribuían la desmesurada alegría que Martina derramaba por todos los poros del cuerpo a alguna píldora nueva que pudiera tomar, a un exceso de vitaminas rosas, a alguna hierba exótica o dieta vegetariana que hubiera traído de Miami, pero nunca al hecho de que buscara otro barco precisamente ella que se mareaba antes de llegar a la bocana y menos a la existencia de un amante al que tenía secuestrado y puesto a su merced siempre en estado de erección. Lo cierto es que ahora vivía Martina su doble vida con una emoción intensa después de tantos años de tedio. Esa aventura secreta con un náufrago reaparecido hacía que saludara el amanecer del día como si el mundo se creara por primera vez cada mañana sólo para ella. Salía al jardín con el sol tierno dorando los enebros trasquilados, lo respiraba hondo, luego desayunaba zumos, iba al gimnasio, se hacía dar masajes, practicaba el yoga, se sometía a un régimen de pomelos, atendía a la belleza de su cuerpo con un rigor de cremas regeneradoras y todo lo realizaba con una euforia compulsiva, casi iniciática, porque siempre tenía presente la figura del amante dentro de sí misma y en cualquier sombra o espejo donde se mirara. El más anodino de sus actos estaba en función de aquel ser oculto que la esperaba siempre dispuesto sin pedirle nada a cambio.

Hasta el momento la madriguera rodeada de azules celestes y marinos que guardaba a Ulises en la cima de un inmueble deshabitado había servido muy bien a su ejercicio de amor. Desde el jardín de su mansión que coronaba un cerro se divisaba aquella urbanización La Sirena al otro lado del puerto donde se extienden las playas y en ella sobresalía el rascacielos que contenía en lo alto a Ulises en completa soledad. Desde el pórtico de casa Martina podía contemplar a lo lejos aquel edificio de ladrillo rojo y muchas veces al atardecer con una copa en la mano sentada en el balancín junto a Alberto, se decía: «En aquella jaula de ladrillo y cristal que brilla con la puesta de sol tengo el amor guardado, hoy iré a su encuentro, le llevaré bombones, caeré en sus brazos, nos amaremos, él me contará historias y yo le entregaré mi prenda adorada». Esto pensaba la mujer poniéndose floja y a continuación daba un sorbo a la naranjada con vodka y un beso engañoso a su marido.

Pero aquella tarde, mientras Martina servía pasteles a los amigos alrededor del cocodrilo oyó que uno de los socios de su marido comentaba que había llegado un nuevo juez a la localidad, un tal Leonardo Muñoz, y que ése era un buen momento para intentar remover el interdicto que tenía paralizada la venta de los pisos de aquel edificio de la urbanización La Sirena. Un pleito enquistado entre dos constructoras había dejado fuera de promoción aquel inmueble de veinte plantas durante varios años y gracias a ese abandono Martina había podido servirse de manera clandestina de aquel piso piloto para refugiar a su amante. Había llegado el momento de levantar el vuelo. Si el pleito se reabría pronto llegarían los inspectores, los peritos, el propio juez, los guardias municipales y los licitadores a levantar actas y aquel reino donde se desarrolló un amor secreto sería de nuevo objeto de especulación, abierto al público.

Algunas veces Martina había tenido la tentación de arrojar las llaves al vacío mientras poseía frenéticamente a Ulises para quedarse los dos siempre en la cama encerrados en aquel aposento de cristales casi celestes. Algo no muy distinto a ese lugar, con galletas de miel en el armario, tendría que ser el cielo. Pensaba que si un día arrojara las llaves al abismo de modo que ya no pudieran salir de aquella jaula nunca más tal vez a medida que sus vidas se fueran extinguiendo la pasión adquiriría una fuerza inusitada hasta morir los dos abrazados. Este loco amor la obligaba a caminar más acelerada, a hablar más deprisa, a tener las mejillas siempre encendidas y esta forma inconsciente de deshacerse de sí misma era lo que las amigas creían que se debía a una hierba rara o ensalada, pero en absoluto a un amor sellado.

Un día en que el otoño ya había dorado el valle de la Alcudiana la mujer subió con nuevas vituallas al ático y consumió otra sesión de amor con Ulises hasta que quedaron anegados todos sus cartílagos y tan pronto estuvo saciada, como la tarde tenía una dulzura increíble, Martina quiso dar un paseo con su amante y fue ésta la primera vez que Ulises abandonó aquella madriguera después de cuarenta jornadas de reclusión, las mismas que los héroes y profetas suelen pasar en el desierto. Martina salió del aparcamiento de aquel rascacielos deshabitado con Ulises en el asiento trasero del Jaguar tapado con una cobija. Lo llevó de esta forma hasta las primeras estribaciones del valle donde la naturaleza se hacía hermética y al llegar a un olmo centenario la mujer liberó a su amante, lo sentó a su lado y el coche siguió subiendo por la carretera que habían recorrido hace muchos años cuando buscaban el aljibe del Caballo en el barranco del Infierno.

Martina no podía decir que aquellos días de su juventud en que quedó preñada por un joven profesor en este mismo paraje fueran más felices que las horas que estaba viviendo con el mismo hombre recuperado y lleno de experiencia. Cerca de un precipicio, de pronto, la pareja reconoció el primer lugar que buscaban. Martina paró el coche. Se apearon en medio de la dulzura de la tarde y se tumbaron a besarse en el mismo lecho de brezos donde lo habían hecho de jóvenes y entonces recordaron a aquella mujer leprosa que se les apareció con un ramo de flores silvestres. La contemplación del valle les llevó a un profundo silencio y después del silencio volvieron a sus cuerpos hasta agotarse. Al final quedó la tarde tan fatigada como ellos. Y Martina dijo:

—¿Recuerdas el *Son de Mar,* el barco de Yul Brynner?

—¿Existe todavía? —exclamó Ulises.

—Quiero que Alberto me lo regale.

—¿Para qué quieres esa ruina? ¿Para qué la quieres?

—Desde jovencita pensé que ese barco sería mío. Nunca he dejado de soñar que un día Yul Brynner me llevaría en él a una isla lejana. ¿Crees que estoy loca?

Oyendo esto Ulises desplegó el mapa sobre la hierba y señaló un punto que era Nueva Orleans. A continuación comenzó a explicarle a Martina la belleza de aquella ciudad de la desembocadura del Mississippi donde él había conocido a la señorita Dubois.

—¿Quién es la señorita Dubois? —preguntó Martina.

—Blanche Dubois era una loca que se enamoró de Marlon Brando.

Ulises le contó que el embarcadero de Nueva Orleans, adonde había llegado desde Cartagena de Indias, estaba lleno de personajes raros, un negro con levita que leía en voz alta salmos de la Biblia a las palomas, una dama muy pálida vestida de gasas y pamela que lloraba en silencio con un caniche muerto en brazos, una comparsa de negros que avanzaba bailando por el paseo de madera cuyos músicos lucían fajines de seda plateada, rojos galones de mariscal y agitaban sombrillas de colores, exhibían casacas chillonas que brillaban de sudor tanto como el metal de los trombones y clarinetes. También había en aquel muelle viejos mariquitas con pelucas de azafrán, tragasables, otras ancianas suicidas, mendigos y muchos soñadores. Al mismo tiempo sonaba una orquesta de jazz en la terraza de la famosa cervecería de Jackson Brewery.

Ulises le dijo a Martina, recostada en sus brazos frente a la profundidad del valle, que en Nueva Orleans existe una calle llamada Deseo y que fue famoso un tranvía que tenía una parada en esa calle situada en el barrio más degradado de la ciudad. Ahora ese tranvía se hallaba fuera de servicio y se guardaba como una reliquia en un jardincillo detrás del Mercado Francés.

Un día en que Ulises paseaba por las encrucijadas de Bourbon Street y Saint Peter Street bajo las filigranas de los balcones y miradores de hierro colado las bocanadas de música que salían de los garitos lo iban llevando hacia ese tranvía varado para siempre en un parque público. Tal vez el alcohol unido al esplendor del jazz hizo que tuviera una visión.

—Estaba lleno de pasajeros —dijo Ulises.

—¿Vivos o muertos? —preguntó Martina.

—No lo sé. Cuando llegué a la parada dentro del tranvía estaban ya sentados el negro de la Biblia, la mujer de gasa, los mariquitas del muelle, Marlon Brando con la camiseta sudada, otros artistas de cine, unos músicos de jazz con los instrumentos en las rodillas, un viejo que vendía papagayos, algunos saltimbanquis.

—¿Y la señorita? —exclamó Martina.

—Blanche Dubois también estaba allí muy elegante con un vestido blanco y una pamela —contestó Ulises.

—¿Cómo era?

—Vestía como esas señoritas herederas de las plantaciones del sur que se ven en las películas pero tenía el mismo rostro que tenías tú cuando te dejé y me fui a navegar. Era transparente, muy delicada, bellísima.

—¿Te reconoció cuando subiste al tranvía?

—De pronto la banda de jazz comenzó a tocar y el tranvía se puso en marcha. La señorita Dubois ni siquiera me vio. Todo el mundo bailaba.

—¿Yo también?

—El tranvía atravesó todo el barrio francés de Nueva Orleans, pasó por la plaza de Armas, rodó junto al embarcadero de madera donde estaba el barco *Reina Criolla* dispuesto a zarpar, luego enfiló la avenida Saint Charles llena de mansiones hacia el norte de la ciudad para llegar a la calle Deseo, situada en un barrio lleno de escombros quemados y licorerías, un infierno habitado por negros y polacos que jugaban a los dados bajo los porches de madera y todos vestían la misma camiseta sudada de Marlon Brando.

Mientras Ulises le contaba a Martina que todos los viajeros de aquel tranvía de Nueva Orleans transportaban un sueño, subía por la senda del barranco una mujer leprosa con un ramo de flores silvestres y la misma escena que ocurrió hace tantos años se repitió ahora con los mismos gestos y palabras. La mujer se detuvo ante la pareja de amantes y les ofreció las flores con una sonrisa de dulzura inquietante.

—Acepto las flores con mucho gusto, señora —dijo Martina.

—Se las quiero regalar porque la veo muy feliz.

—¿Dónde vive usted, señora?

—Dentro de esta muralla que rodea el sanatorio —contestó la leprosa—. ¿No la ve usted? Abarca cuatro montañas y en realidad también ustedes están ahora dentro de ella. Aquí hay flores de todas clases.

—Son preciosas. Muchas gracias —dijo Martina.

Cuando la mujer, siguiendo su camino, se perdió por detrás de la floresta del valle, Ulises le confesó a Martina que en la parada de Deseo él se apeó del tranvía en medio de aquel infierno y desde la acera le vio alejarse entre los escombros lleno de música con los trombones plateados que salían por las ventanillas. La señorita Dubois también llevaba un ramo de flores en las manos.

—Dondequiera que haya estado en este viaje siempre te he visto bajo muchas formas —dijo Ulises.

—Ver esas cosas parece un privilegio de los muertos —contestó Martina.

—En Amsterdam eras una de esas prostitutas bellísimas que se exhiben en los escaparates de los canales. En Berlín estabas sentada en un palco de la Filarmónica abanicándote con el programa donde entre otras sinfonías se anunciaba la *Novena* de Malher.

—¿Me has visto alguna vez como aquella mujer de rojo que un día se te llevó por el mar en un yate? —preguntó Martina oliendo las flores silvestres.

—En Praga eras una muchacha hebrea que oraba en el Cementerio Viejo del distrito de Josevof ante la lápida mohosa del rabino Löw, fallecido en 1607. En el albergue de la reserva de Kilaguni, en Kenia, rodeada de hienas, a la caída del sol ibas vestida de caqui como Ava Gardner en la película *Mogambo*. En Marraquech te llamabas Saida y una noche de Ramadán bailabas en un patio bajo un arco de herradura una danza del vientre para tu marido octogenario que era el carnicero más poderoso de la ciudad. En la isla de Rodas eras una turista inglesa que al final del verano se había quedado rezagada en brazos de un pescador muy peludo. En Viena simplemente vendías tartas de chocolate en la pastelería Demel donde se surtía la princesa Sisí.

—En tu largo viaje ¿nunca me has visto sirviéndole una copa de ginebra a Yul Brynner en una taberna de bucaneros?

—¿Cuándo sucedió eso? —preguntó
Ulises.

—Aún no habías llegado a Circea —exclamó Martina.

—¡Lo he oído contar tantas veces! Sucedió en El Tiburón, frente a la explanada del
puerto, durante el rodaje de una película. ¿Eras
tú aquella tímida adolescente que se volvió loca?

Después de dar la vuelta al mundo Ulises Adsuara estaba ahora dentro de la muralla
de una leprosería en brazos de Martina que finalmente lo había capturado. Ella quiso llevarlo esa tarde de otoño a lo más alto del valle. Lo
sentó de nuevo a su lado en el coche y fueron
subiendo hasta aquel calvario de cipreses que
era un corral de ganado y desde allí bajaron por
un sendero hacia el lado del monte que daba
al barranco del Infierno donde estaba el aljibe
del Caballo cuya entrada muy angosta la cu-
brían adelfas y zarzales.

Martina quiso penetrar una vez más en
aquella gruta rupestre. Siguiendo un impulso
incontrolado tomó la mano de Ulises y le dijo
que la acompañara, pero antes de entrar en la
cueva sucedió un hecho que llenó de pánico a
la mujer. Era la primera vez que tenía esta sensación desde que Ulises había regresado.

Podía considerarse normal que al introducirse en la cueva por una boca tan ruda las
aristas de las rocas y las espinas de los zarzales

les produjeran algunos rasguños y que éstos no sangraran. No es esto lo que sucedió sino que Ulises esta vez resbaló y fue a caer en el fondo de una trinchera y aunque logró amortiguar la caída agarrándose de los carrizos a lo largo del terraplén mientras rodaba por la pequeña quebrada no pudo evitar que su pecho diera de costado plenamente sobre un punzón de cobre que le esperaba abajo. El cobre se le clavó entre dos costillas como lo hizo la lanza del centurión en el costado del Crucificado en el madero. Martina gritó desde la boca de la gruta. Bajó a auxiliarle. Cuando llegó al fondo de la trocha Ulises ya se había extraído el punzón y Martina vio con estupor que de la herida muy profunda no manaba ni una gota de sangre aunque la lesión era real y estaba en carne viva.

Ulises no le dio importancia a este percance y se avino a entrar en la cueva para limpiarse la herida con el agua del aljibe. Mientras la lavaba a tientas Martina podía introducir los dedos en aquel boquete que había producido ese cobre oxidado y cuando sus ojos se fueron haciendo a la oscuridad de la gruta y vio la naturaleza de aquel desgarro la mujer le preguntó muy inquieta:

—¿Por qué no sangras?

—No lo sé. De un tiempo a esta parte es una de mis cualidades.

—El agua puede estar contaminada.

—Seguro. Pero en la guerra los cocineros se servían de esta agua que contenía la sustancia de un caballo muerto y no sucedió nada especial.

—Sería una pena que se te infectara la herida en esta cueva donde nos amamos por primera vez, ¿recuerdas? —dijo Martina.

—Lo recuerdo muy bien. Parecíamos dos monos.

—¿Por qué no sangras?

—No lo sé.

—¿Estás muerto, realmente?

—¿Cómo voy a estar muerto? —exclamó Ulises—. No me pasa nada. Estoy muy bien. Por este lado del cuerpo no cruza ninguna arteria. Por eso no sangro.

—Puedo meter el dedo en esa herida y llegar al corazón.

—No lo hagas —exclamó Ulises.

—¿Por qué?

—Sería terrible.

Martina limpió sólo el polvo de aquella herida en la penumbra y el contacto con la carne viva de su amante la excitó. Volvieron a poseerse de manera rupestre y esta vez tampoco lograron, pese a los gritos, que afloraran en la superficie del aljibe los ojos del caballo. La mitología es poesía pero también una forma de locura. Cada vez que Zeus copulaba con una diosa engendraba un monstruo.

Después del combate la pareja quedó jadeando recostada contra la pared de la cueva y la claridad era suficiente para que se pudiera leer, aunque con esfuerzo, la frase pintada en el techo y que era la misma que aún perduraba desde la primera vez que entraron en esta madriguera hacía tantos años. La frase decía: *Hoy saldré a cortar una nueva rama dorada. Saldré a cazar.*

—¿Quién habrá escrito eso? —preguntó Martina.

—Sin duda un leñador y un cazador —contestó Ulises—. En cuevas como ésta a veces hay pinturas de animales pero nunca se ven árboles dorados. Suele haber bisontes, ciervos, renos pintados con almagra.

—¿Y caballos?

—No. Caballos, no.

—Parece que el que escribió eso no había cazado nada todavía.

—Sería un cazador más antiguo incluso que las pinturas rupestres —dijo Ulises—. Da la sensación de que con esa frase quería fundar el mundo e inaugurar la historia.

—¿Puedo hacerte una pregunta? —exclamó Martina.

—Sí, claro.

—Dime la verdad, Ulises, ¿eres o no eres tú realmente el caballo que acaba de salir ahogado del aljibe y que ahora reposa en mis brazos?

—Te has vuelto loca. Durante mi ausencia te has vuelto completamente loca —dijo Ulises riendo.

A la caída de la tarde Martina bajó del valle llevando a Ulises tapado con una manta en el asiento trasero del Jaguar y de esta forma lo condujo a la urbanización La Sirena donde lo dejó encerrado en el ático de cristal y ladrillo del rascacielos. Lo metió en la cama. Le dio un beso. Abandonó la habitación sin darle la espalda como se hace cuando uno se despide de un rey. Y después de revisar las vituallas de la nevera y de los armarios de la cocina volvió a casa en el momento en que Alberto le estaba dando de comer al caimán.

Estos animales crecen muy deprisa. Los cocodrilos alcanzan muy pronto la mayoría de edad que les permite arrancarle el brazo a cualquiera que se acerque a hacerles una caricia. Cuando Martina pasó por su lado el saurio levantó la cabeza.

—Mira, mira, querida —exclamó Alberto—, el caimán te ha reconocido.

—Habrá oído mis tacones —murmuró Martina caminando hacia el cuarto de baño.

—Por el olor sabe que has llegado. Se está riendo de lo que dices. Querida, ¿nunca has visto reír a un cocodrilo?

—Muchas veces —contestó Martina de espaldas antes de refugiarse en el cuarto de baño.

Para Martina el tiempo lo marcaba aquella fiera que engordaba dentro del acuario y el amor sellado que vivía con el náufrago que también iba madurando en el interior de otra pecera de cristal y ladrillo. Durante el otoño y el invierno Martina pudo mantener sin demasiado riesgo a su amante encerrado en la cumbre de aquel rascacielos vacío y sacarlo de incógnito a pasear pero el pleito sobre el edificio se había activado y Alberto había perdido el control del inmueble mientras se reanimaban los expedientes en el juzgado de primera instancia. Martina tuvo que pensar en otro refugio.

Al llegar la primavera quedó establecida de nuevo la epidemia del azahar por toda la costa. Aun después de varias noches de amor mercenario en las que Martina hizo maravillas con la pelvis Alberto seguía negándose a comprar el *Son de Mar* que estaba a punto del desguace atracado durante años en el extremo de un pantalán del náutico. El barco era una completa ruina pero aún conservaba cierta prestancia de viejas maderas. Alberto intuía que aquel capricho de su mujer iba más allá de la nostalgia de un amor adolescente, era un espacio mental de su mujer que él no controlaba, de modo que no se avino a firmar el cheque pese a que el precio de aquel armatoste era irrisorio. Para tomar el aperitivo los días buenos de verano en la cala más próxima él tenía un yate del mejor plástico en forma de huevo reluciente de veinte metros de eslora que fue rey en el último salón náutico de Miami.

Martina tomó una decisión muy arriesgada. A espaldas de Alberto contactó con el propietario del *Son de Mar,* un asentador de frutas y verduras del mercado de Valencia, y por su cuenta le hizo una proposición de compra siempre que guardara el secreto puesto que era, según le dijo, una sorpresa que quería darle al marido en su cumpleaños. El propietario del barco aceptó el pacto y Martina se puso a restaurar el *Son de Mar* en completa clandestinidad como quien reconstruye un sueño feliz, dando por descontado que Alberto, cuando se enterara, aceptaría el hecho consumado mediante algunas zalamerías seguidas de una descarga de sexo a bocajarro.

Todas las visitas al barco las realizaba de incógnito, como quien se ve en secreto con otro amante. Cuando Martina abrió por primera vez el tambucho de cubierta la recibió una sofocante vaharada de moho e incluso creyó ver que muchas carpas huían de los camarotes encharcados para refugiarse en el fondo del mar. No se arredró por eso. Sin otro consejo que el de su inspiración Martina dio las órdenes precisas para poner el barco en seco, dar calafate a la madera del casco por unos carpinteros de ribera y realizar una puesta a punto de los motores aunque nunca se le pasó por la imaginación que el barco fuera a navegar alguna vez. No entendía nada de náutica. La obra viva de aquella embarcación sólo la concebía como refugio de sus sueños donde nadie podría entrar.

Mientras los técnicos se hacían cargo de la mecánica creyendo que las órdenes partían del marido, Martina se preocupó sólo de las cortinas para tapar los ventanos y ojos de buey. También eligió a conciencia los almohadones que cubrirían la literas de los camarotes y la vajilla que tendría que renovar. Ahora Martina llevaba su doble vida hasta un punto más allá: aparte del náufrago redivivo le había ocultado a su marido el rescate de ese barco como un territorio privado. Este ejercicio clandestino le ocupaba todo el tiempo. Nadie podría hollar ese espacio que no se distinguía de aquella edad de la inocencia que se perdió. Ocupado en sus negocios y por no romper el encanto, Alberto tampoco le hacía ninguna pregunta a Martina acerca de su felicidad.

El barco tenía el casco de madera y su obra muerta lo levantaba mucho de proa, con dos cubiertas, los mamparos destartalados, los candeleros y el púlpito oxidados, los pañoles corroídos por el salitre. Al camarote de popa, que era una pieza decorada con madera noble, se accedía atravesando un salón con moqueta podrida y estanterías que guardaban todavía algunas novelas de Joseph Conrad en inglés, un libro de cocina y unos mapas y cartas náuticas florecidas por la humedad. ¿Serían estos libros los que leía Yul Brynner cuando habitó este barco? En el camarote de popa había un solo lecho muy raído que daba al recinto un aire de ruina absoluta pero lo más sugestivo de aquella embarcación desvencijada era el fantasma del actor que flotaba por todo su ámbito. Nadie en la localidad recordaba que aquella embarcación había servido de vivienda y camerino a Yul Brynner durante el rodaje de una película excepto una adolescente que fue cantinera enamorada.

Martina no pudo celebrar el acontecimiento cuando el barco remozado fue atracado de nuevo en su punto de amarre en el extremo del pantalán pero al quedarse sola puso música, se tumbó en el camarote y comenzó a recordar aquellas tardes de la adolescencia durante el rodaje de la película *Donde la tierra termina* en que venía a espiar al galán furtivamente y que un día vio vestido de esmoquin en esa misma cubierta tomando el champán que le servía un mayordomo. Martina bebió ahora una ginebra en recuerdo de aquel primer amor mientras oía una melodía de su juventud. Por toda la dársena del puerto se dilataba la canción *Sapore di mare, sapore di sale* y ningún marinero acertaba a saber de qué barco salía esa música que se mezclaba con el tintineo de las jarcias.

Días después Martina fue sorprendida en la popa del *Son de Mar* por Xavier Leal que llegaba paseando a lo largo del pantalán y le hizo una pregunta inquietante.

—¿Es cierto que ha llegado?

—¿Quién?

—Ese que esperabas —dijo Xavier con una sonrisa de complicidad.

—No. Ése no ha llegado —contestó Martina.

—Tienes que guardarlo mejor.

—¿Qué quieres decir?

—Te han visto con él.

—¿Con quién? —preguntó desafiando Martina.

—Con un amigo. ¿Dime quién es?

—Nadie. Sólo es Yul Brynner —contestó Martina.

—¿Lo sabe Alberto?

—¿Qué tiene que saber?

—Eso que van contando por ahí algunos leprosos.

Tal vez sin ser consciente de ello Martina preparaba este nuevo refugio para su amante sabiendo que esa decisión suponía arriesgar demasiado, pero no pudo reprimir ese impulso y cuando el *Son de Mar* estuvo reparado y ligeramente adecentado no era sino un punto

perdido en medio del laberinto de embarcaciones que constituían la población del náutico. Ya había comenzado el verano y entonces
Martina le comunicó a Ulises la necesidad de
trasladarlo a otro lugar.

—Nos vamos —le dijo Martina a Uli-
ses una tarde en que soplaba el siroco—. Lleva
el mapa, los calzoncillos de Walt Disney y las
sandalias de franciscano. Nos vamos.

—Está bien. Vamos —murmuró Ulises.

Ulises nunca hacía preguntas. En el ático
se amaron por última vez antes de que oscureciera del todo y mientras llegaban hasta el fondo
de sus sentidos el sol se iba por detrás del castillo
dejando en el cielo toda la gama de violetas y
malvas posibles que se disolvían en un morado
profundo y éste era ya la noche. Trataron de bo-
rrar cualquier huella de su paso por aquel lugar
antes de abandonarlo. Ulises fue transportado
una vez más tapado con una manta en el asiento
trasero del Jaguar hasta un extremo del náutico
municipal entre un bosque de palos que hacían
sonar las jarcias como el campanilleo de un rebaño y hubo que esperar a que el pantalán estuviera oscuro para que Ulises pudiera salir del
coche y llegar al barco sin ser visto. Martina lo
condujo de la mano hasta el pie de la escala
y con cierta ceremonia Ulises subió a bordo del
Son de Mar que estaba atracado de proa para dejarlo más preservado de las miradas.

Sobre el lecho ruinoso del camarote de popa quedó tendido Ulises boca arriba y estuvo un buen rato absorto mirando hacia el ojo de buey a babor donde sólo había oscuridad detrás de una cortinilla de flores. La noche de fuera se sumó muy pronto a la soledad del camarote. No era prudente gastar la escasa batería del barco, de modo que el amante furtivo se sirvió de un candil muy tenue para poder leer en la intimidad de la embarcación los escritos mohosos que encontró a mano. Primero leyó algunas páginas de Conrad en inglés sin entender nada y después se puso a estudiar los mapas y las cartas náuticas antiguas. Tenía los víveres necesarios, ron del Caribe y salazones del Mediterráneo, aparte de frutos secos, leche condensada, pan de higo y galletas de miel.

Pese al amor que Ulises tenía por el mar a los tres días de reclusión le dio un ataque muy agudo de melancolía y este excipiente que le manaba del corazón al unirse a la sensación de claustrofobia le impedían respirar. Fue la primera vez que Ulises tuvo la tentación de dar por terminada su vida secreta. De pronto sintió la necesidad de desafiar cualquier peligro a plena luz y así se lo manifestó a Martina cuando una tarde llegó al barco.

—He pensado en irme otra vez —le dijo Ulises de repente mientras estaba en sus brazos.

—No lo hagas —exclamó Martina.

—Lo voy a hacer. Nunca he sentido tanta sensación de ahogo. Realmente es la primera vez que me siento naufragado de verdad.

—¿Adónde vas a ir? Ya no queda nada en el mundo que no hayas visto. ¿Adónde vas a ir?

—El mundo siempre está cambiando.

—Si te vas me mataré —dijo Martina muy alterada.

—Bien. Puedo sencillamente salir a la calle. Presentarme a los amigos. Volver al Instituto. Pasear. Leer un libro sentado en un noray del puerto. Comer erizos. Hacer una vida normal —dijo Ulises en el lecho derruido del camarote con los ojos cerrados.

—¿Hacer vida normal? Eso no es posible.

—¿Por qué?

—Estás muerto, ¿no lo sabes? Te hemos hecho un funeral de primera clase con tres curas. Hemos rezado por tu alma. He llevado un año de luto. Tu hijo y yo hemos llorado hasta el fondo de las lágrimas. Ulises, tú estás muerto. Y si no lo estuvieras daría igual. Hay mucha gente dispuesta a matarte en cuanto te vean por la calle por el daño que me has hecho con tu huida. Las cosas nunca salen bien la segunda vez. No huyas más. Quédate conmigo para siempre.

—¿Para siempre? —exclamó Ulises dentro de sí.

—Deja que te cuide.

—¿Siempre?

—¿No quieres que lo haga? Te he traído más ron y unos libros de navegaciones antiguas. Tienes muchas cosas que contarme todavía.

En la penumbra del camarote Martina comenzó a arrullar a Ulises y éste se fue quedando dormido bajo los suaves besos que la mujer le daba por toda la piel. Sonaban las jarcias de los veleros del náutico, llegaba la música de una verbena en la explanada del puerto y esta vez el sueño de Ulises fue dulce pero al despertar no sabía si era la mañana, la tarde o la noche de un día que también ignoraba. De pronto se vio con un libro de navegaciones antiguas en las manos, una botella de ron muy cerca y todas las salidas del barco clausuradas con candados y grilletes.

Comenzó a concebir que tal vez su destino consistía en no salir nunca de aquel barco hasta el punto que el olor de su cuerpo se confundiría para siempre con el moho que desprendían las maderas y el agua pesada de la dársena. Encendió un candil. Tumbado en el camarote pasó las hojas de aquel libro que traía ilustraciones de antiguos itinerarios de exploradores y mercaderes del mar Egeo. Había una línea que saliendo de Troya seguía rumbo al sur, atravesaba la reunión de las Cícladas, doblaba el cabo del Peloponeso y se detenía en

Jerba, una isla pegada a la costa de Tunicia. Luego tomaba el rumbo norte hasta rodear por Occidente toda Sicilia y entre Favignana y Ustica llegaba al estrecho de Bonifacio que separa Córcega de Cerdeña y finalmente esa navegación se perdía en la oscuridad del océano más allá de las Columnas de Hércules donde está la tenebrosa región de Hades. Estas láminas azules venían acompañadas de un pequeño texto. Traía una de ellas estos versos de Tennyson:

> Lentamente me agosto en tus brazos
> en el tranquilo confín de la tierra...

Tal vez aquella región donde la ruta se perdía era la inmortalidad o el infierno que visitan los héroes antes de resucitar, pero mientras pasaba las láminas del libro el casco del viejo *Son de Mar* crujía y cada uno de estos crujidos Ulises los interpretaba como palabras que pronunciaba el barco para recordarle que no era un muerto sino sólo un prisionero.

Cuando se hastiaba de contemplar aquellas imágenes de navegaciones mitológicas a la luz del candil Ulises leía recetas de un libro de cocina: trocear a cuadritos el jamón; pelar y picar el tomate; lavar, secar y partir el pimiento quitándole las simientes; calentar el caldo del cocido; calentar el aceite en una cazuela al fuego. Desgranar las habas, asar el bacalao sin remojar,

a la llama; enjuagarlo, quitarle la piel y las espinas, freír las habas dándoles vueltas durante
cinco minutos, lavar y cortar las berenjenas.

Iba recitando estas recetas con lentitud
como si fueran salmos cuya lectura le llevaba a
la lejana región de los sentidos situada dentro
de sí mismo, pero una vez saciado con aromas
imaginarios volvía a las estampas de viajes que
también estaban en su memoria y de esta forma se sucedían los días en el ojo de buey y ya
no distinguía a qué fecha obedecían las luces y
las sombras de aquel camarote que sólo olía a su
cuerpo y a algas marinas.

De pronto Ulises sentía unas pisadas en
la cubierta sobre su cabeza que hacían balancear
suavemente la embarcación. Enseguida sonaba
una llave en el candado del tambucho y cuando
éste se abría Ulises veía bajar las espléndidas
piernas de Martina envueltas en la luz que entraba como una llama hasta el fondo del barco.
Durante un tiempo indeterminado Martina estuvo ejerciendo sobre su amante largas sesiones
de amor en aquel lecho marino y en ellas le fue
extrayendo la médula. Los vecinos del pantalán
sabían muy bien que cada vez que la mujer penetraba en el *Son de Mar* el casco barrigudo comenzaba a agitarse exteriorizando la batalla que
se producía en sus entrañas pero los marineros
del náutico sonreían y callaban. ¿Cómo era posible que Alberto Sierra ignorara esa situación?

La última vez, cuando Martina llegó, ya era agosto y trajo noticias aciagas a Ulises bajo un calor pestilente. Alguien le había contado a Alberto que ella tenía un amante, y el caimán había crecido tanto que ahora nadaba en la piscina y no en el acuario. Incluso se había construido en el jardín una pileta sólo para él. Por lo demás lo único que se comentaba era el crimen del constructor. Uno de los socios de Alberto había aparecido flotando en un humedal dentro de una bolsa de plástico con la espalda acribillada por una escopeta de matar perdices.

—Alberto no tiene nada que ver con ese crimen, pero no es agradable que le peguen un tiro a tu socio. Él no tiene nada que ver, te lo juro —dijo Martina en brazos de su amante.

—Te creo. Es demasiado feliz para matar a alguien —contestó Ulises.

—Tiene una coartada.

—¿Una coartada?

—Dice que a la hora del crimen él le estaba dando de comer al cocodrilo.

—¿Sólo eso?

—Dice también que quiere que el cocodrilo engorde porque tiene grandes proyectos para él. No para de cebarlo todos los días. Dice que eso le distrae mucho y olvida cosas peores, que le atormentan.

Después de amarse aquella tarde hasta el fondo, Martina y Ulises desnudos en el camarote comenzaron a hojear juntos el libro de navegaciones. La herida en el pecho que el amante se había producido en el valle ya había cicatrizado.

...he sido una palabra en un libro,
he sido un nombre en el mar
durante un año estuve hechizado
en la espuma del agua...

Aquel caimán que iba engordando en la pileta del jardín llenaba de terror a Martina, pero era mayor aún el pánico que le producía el silencio de su marido. Llegó un momento en que aquellos dos seres se confundían en su imaginación bajo una sola mirada. Adoraba a sus hijas. Las llenaba de besos y de lazos. Contaba cada grano de acné que desaparecía del rostro de su hijo adolescente hasta convertirse en un joven rasurado. Poseía todos los mármoles, metales y sedas que la hacían una mujer respetable y envidiada. Podía usar cualquier tarjeta de plástico para entrar como una heroína por el pórtico de todos los grandes almacenes. No obstante Martina sólo quería desaparecer.

No se trataba de huir. Martina estaba dispuesta a desafiar cualquier peligro hasta más allá de su vida y ésa era exactamente la huida que pensaba realizar. Puede que Alberto fuera capaz de matarla o de arrojarla a la pileta con el caimán si descubría que tenía un amante. Tal vez no habría comprendido nada si hubiera sabido que el amante era propiamente Ulises, su primer marido, el desgarbado profesor, un náufrago resurgido de las aguas, pero después del primer sobresalto habría disparado igualmente contra aquel fantasma del pasado.

Era un día caliginoso de agosto con el cielo lleno de harina y el calor del verano había hecho fermentar en el interior del barco el sudor y el deseo de Ulises conjuntamente y, mientras Ulises esperaba, Martina estaba concibiendo una gran fiesta para los dos. Se sentía preparada para huir y podía hacerlo, como hasta ahora, sin moverse del lugar, sólo bajando hacia dentro de su amante, pero aquella tarde de agosto Martina sacó el viejo esmoquin apolillado de Ulises que guardaba en un baúl del desván y después eligió del propio armario un elegante vestido de Chanel y una pamela con adornos de frutas color lila. Con ese ajuar de boda metido en una bolsa de deporte se fue al barco donde encontró a Ulises leyendo un libro de animales imaginarios que vivían en extrañas islas lejanas. Martina guardó la bolsa en un pañol y le sirvió a su amante un ron con salazones y frutos secos.

—Nunca voy a volver a casa —dijo Martina levantando el vaso para brindar.

—¿Qué vas a hacer?

—Estoy decidida. Nunca voy a volver atrás. ¿No me dijiste que sabías preparar brebajes con polvo de ámbar que tienen propiedades raras y que un día me llevarías a Sumatra donde los atunes tienen diamantes en los ojos?

—En este libro enmohecido que he encontrado en el barco se habla de seres más fantásticos todavía y uno de ellos es el Caballo del Mar. ¿Quieres que lea? —dijo Ulises mostrándole desde la cama un volumen casi podrido por la humedad.

—Lee mientras bebo y te desnudo —contestó Martina.

Ulises leyó:

El Caballo del Mar es un animal que sólo pisa la tierra cuando la brisa le trae el olor de las yeguas a la luz de la luna. Vive en una isla indeterminada y allí los pastores menean en la costa las mejores yeguas del rey y se ocultan en cámaras subterráneas esperando su aparición; un día Simbad vio el potro que salía del mar y lo vio saltar sobre la hembra y oyó su grito.

—¿Dónde está esa isla? —preguntó Martina.

—Tal vez esa isla es Sumatra. Hay que imaginarla —contestó Ulises.

—Algún día llegaremos allí —murmuró la mujer.

—Hay muchos lugares donde habitan otros seres fantásticos. ¿Sabes cómo es el unicornio chino, el tigre del Annam, el Zaratán,

los Lemures, la Quimera, el Gallo Celestial?
A cualquiera de esos países podemos viajar.

—Iremos donde viva el Caballo del Mar
—dijo Martina.

Esa misma noche, que era la de un jueves de agosto, Martina y Ulises abandonaron
el barco y recorrieron las discotecas de la
costa. Apenas iniciado el camino vieron un
haz de rayos láser dando giros en la oscuridad
que marcaba el foco de donde salía música.
Guiados por esa luz Ulises y Martina llegaron
a un corralón levantado en medio de un arro-
zal donde una multitud de jóvenes bailaba
bajo unos relámpagos de magnesio que causa-
ban en sus cuerpos adolescentes un esplendor
de amianto.

Esta pareja de fugitivos comenzó a agitarse en medio de la pista y aunque doblaba en
edad a la mayoría de los danzantes enseguida
se sintió fundida por un estruendo común y por
una fosforescencia que igualaba a todo el mundo. Dentro de aquella estampida cualquiera se
sabía enmascarado. Puede que esa pista fuera
una parrilla de salida para una larga cabalgada
y sin duda allí había muchos que bailaban frenéticamente y también huían. Ulises y Martina bebieron. A su lado algunos jóvenes tomaban terrones de azúcar con anfetaminas como
los caballos del rey, pero ellos no necesitaron
pastillas ni resinas para acelerar la carrera que

iniciaban esa noche del jueves puesto que estaban acostumbrados desde hacía un año a una perenne agonía que generaba en sus cuerpos suficientes toxinas para ver visiones.

En la primera discoteca sólo consumieron una hora de inmortalidad. Después subieron al coche y reemprendieron el viaje pero muy pronto apareció en la oscuridad otro haz de rayos láser que les marcaba una nueva pista de aterrizaje. Llegaron a la base de esa segunda estrella y se encontraron con un oasis de palmeras, piscinas, barras al aire libre y otra multitud de caballos que bailaba a punto de ser electrocutada por una banda de rock. Algunos se zambullían en el agua y luego seguían bailando con la ropa pegada a sus inminentes sexos, otros copulaban bajo los focos sobre el césped rodeados de gente que aplaudía. Los fugitivos Ulises y Martina siguieron bebiendo sin pensar nada que no fuera la huida hacia la hora siguiente.

Lejos se veía el resplandor nocturno de la gran ciudad pero en el trayecto hacia ella había múltiples estrellas de rayos láser en medio de la oscura planicie de arrozales y aguas blandas del terciario. En algunos cruces también había luces rojas de prostíbulos y coches enloquecidos que aullaban con alaridos de caucho. Ulises y Martina se fueron apeando durante esa noche de calor pegajoso en todos los lugares de atracción que encontraron en el camino y cuando llegó la madrugada del viernes la pareja se sorprendió sentada en un bar de carretera tomando un bocadillo de calamares rodeada de varios camioneros.

A esa hora Alberto Sierra ya había llamado a todos los hospitales del entorno, pero aún no había dado parte a la policía por no precipitar un escándalo que pudiera humillarle. Después del asesinato de su socio la desaparición de Martina podía generarle demasiadas preguntas por parte de la policía. Salió en pijama al jardín cuando apuntaba sobre el mar una tenue veladura malva pero desde el pórtico de su mansión se veían encendidas todas las luces de la costa. Era la primera vez que Martina no volvía a casa por la noche. No había dejado ningún mensaje. Había sonreído al marido hasta el final. Incluso aquella misma tarde le había dado un beso más cálido de lo esperado cuando se fue al gimnasio con la bolsa de deporte. Alberto prendió los focos de la pileta y se puso a contemplar las vueltas que daba el caimán deslumbrado. Pensó que podía haber sufrido un accidente o podía haberse ido con otro. Mientras el caimán daba vueltas neuróticas dentro del agua Alberto no sabía si compadecerse de Martina o de sí mismo y este dilema lo resolvía de momento echándole a la fiera muslos de pollo y filetes rusos de bote.

Cuando la angustia que le producía la desaparición de Martina se hizo insoportable estaba a punto de amanecer, el mar era rosa y los mirlos habían enloquecido en el jardín. Alberto emprendió la búsqueda de su mujer. Por primera vez atendió a los rumores que le habían llegado desde un mes a esta parte de la repetida presencia de Martina en aquel maldito barco del náutico, de forma que encaminó sus pasos hacia el *Son de Mar,* por ver si contenía la clave de tanto misterio. Lo contempló desde el pantalán. Comprobó que era un armatoste destartalado que escoraba ligeramente aun amarrado en el atraque. No podía imaginar que aquel trasto hubiera despertado tantos deseos, pero Alberto había oído comentar que Martina quería regalarle aquella nave insólita. Tal vez la culpa de todo la tenía él por haberse casado con aquella chica inmadura que no pudo resistir la fascinación de haberle servido una copa a Yul Brynner cuando era una adolescente. Posiblemente todo el mal venía de aquella escena de la película *Donde la tierra termina* que Martina había confundido con la realidad.

Alberto subió a bordo llevado por un mal presentimiento. Desde cubierta gritó varias veces el nombre de su mujer. Al ver que no respondía hizo saltar el candado de uno de los tambuchos para entrar en el barco. No había nadie en los cuatro camarotes, pero Alberto percibió el perfume característico de Martina, un Nina Ricci habitual en sus actos de amor que impregnaba todo el espacio interior unido a un extraño sudor solidificado en las maderas junto con el olor a algas. Sobre la litera doble del camarote de popa había varios mapas abiertos, cartas náuticas y algunos libros podridos por la humedad en los que se veían embarcaciones de navegantes primitivos. También había una botella terciada de ron, vasos sucios y restos de comida y una pamela con adornos de frutas color lila. Alberto fue abriendo algunos pañoles y en uno de ellos encontró la bolsa de deporte que contenía un esmoquin, un pantalón a rayas, un fajín, una corbata de lazo, una camisa blanca y unos zapatos de charol. Junto a este traje de caballero también encontró el vestido de seda que Martina se ponía en las grandes fiestas de sociedad. Después de husmear aquella ropa sin entender su significado la arrojó sobre la litera y salió de la embarcación dejando en la humedad de cubierta unas huellas frenéticas y de vuelta a casa tomó una decisión aciaga.

Dentro del Jaguar, en un área de descanso de la autopista, Martina y Ulises dormían uno contra el otro como dos caballos agotados hacia las once de la mañana y fue el sol que hacía arder el cristal de la ventanilla el que les despertó. Decidieron llegar hasta la playa de la

Malvarrosa para bañarse y lo hicieron sin preocuparse de nada más. Se dejaron llevar los
cuerpos bajo aquella lumbre inmisericorde de
agosto y si guardaron silencio fue porque el
mismo sol les impedía hablar. Sólo esperaban
a que oscureciera para cabalgar de nuevo.

Esa noche del viernes se perdieron por
el mismo laberinto del barrio del Carmen
que habían explorado durante su luna de miel.
Ulises convenció a Martina de que la música
que salía del Fox Congo de la calle de Cavallers era el jazz del garito Famous Door o del
Chris Owens o del Old Absinthe o del Preser-
vation Hall, lugares sagrados del Barrio Francés de Nueva Orleans y que ella era Blanche
Dubois maravillosa, celeste y enamorada en
busca de un tranvía. Bebieron en cada uno de
esos antros y a la quinta vez ya no sabían en
qué ciudad se encontraban salvo que habita-
ban un espacio de alcohol y música donde se
sentían inmortales, pero en el bar El Negrito
concibieron que eran reales cuando se agarra-
ron de la mano por encima del último cubalibre y se sintieron el pulso antes de reempren-
der el vuelo.

Ni un instante se le pasó por la imaginación a Martina que Alberto pudiera buscarla. Nada existía ya detrás de aquella huida.
Martina olvidaba cuanto sucedía en el mundo
un segundo antes a medida que iba viviendo

pero esa madrugada del sábado Alberto acabó de concebir la venganza después de dos noches de desamparo. Al clarear el día se acercó con una red a la pileta y tras un denodado esfuerzo sólo espoleado por el amor frustrado y la desesperación extrajo el caimán cuyo tamaño llegaba casi a un metro de largo. Para eso primero tuvo que cazarlo con una bolsa de red, evitar las dentelladas y aprovechar un ángulo propicio para inmovilizarle las fauces con una lazada. Tirando de esa cuerda y del nudo de la red con ambas manos consiguió arrastrarlo hasta el maletero del Mercedes y cargarlo sirviéndose de unos tablones como palanca. Fue un trabajo inaudito que no puede realizarse sin odio. A continuación se dirigió al náutico y después de una hora de ingenio, antes de la salida del sol, sin que le viera nadie había conseguido elevar el cocodrilo a bordo del yate *Son de Mar,* desenredarlo de la bolsa, liberarle las fauces y a través del tambucho de popa arrojarlo con caída libre dentro del camarote donde la fiera dando coletazos se acomodó a su manera bajo una litera y tomó posesión del nuevo espacio y aunque parecía inspeccionarlo todo con ojos adormilados su tripa palpitaba con la consabida ansiedad de los caimanes cuando esperan la presa.

Mientras tanto, esa madrugada del sábado los cuerpos desesperados de Ulises y Martina fueron a dar a un prostíbulo de carretera donde bebieron un matarratas servido por una mulata detonante. Algunos clientes huertanos estaban empatados con las chicas del local alrededor de unas copas en los distintos recovecos. Uno de aquellos tipos comenzó a observar a Martina fijamente con cara de sorpresa. Al cruzarse las miradas de ambos, el hombre sonrió saludándola copa en alto.

Martina y Ulises alquilaron un catre de fortuna en una habitación del prostíbulo que tenía televisión con vídeos pornográficos y un yacusi color de rosa. Mientras se amaban en aquel lugar había un contador que medía el tiempo. Tres mil pesetas la hora, ésa era la velocidad del amor, pero estando los dos abrazados dentro de la bañera comenzaron a oírse voces muy violentas abajo en el salón. Al parecer un cliente, de profesión jardinero, que había reconocido a la señorita Martina, viéndola subir a los cuartos de arriba abrazada a un extraño quería usarla en cuanto terminara de realizar el servicio.

—Caballero, esa mujer no es de la casa —le dijo el dueño del prostíbulo.

—¿Qué hace aquí, entonces?

—Son dos viajeros. Olvídese. Están de paso. Yo no tengo mando sobre ellos.

—Conozco a esa mujer. Yo he cuidado su jardín varios años —insistió el cliente.

—Déjela en paz.

—¿Has oído hablar de Alberto Sierra? Es su señora.

—¿Y qué?

—Es la mujer del constructor más poderoso de la comarca. A esa señora la quiero yo para mí pagando lo que sea. Es la única ocasión que he tenido en mi vida de picar alto. Menuda clienta ha caído —rezongó el tipo con la lengua bañada en alcohol.

—Oiga, haga usted el favor. No me meta en líos —le dijo el chulo del garito.

—¿Líos? Eso es bueno para el negocio. Tendrías que poner una placa o un luminoso que se vea desde muy lejos en la carretera. *A esta casa vienen a follar las princesas.*

—Ya está bien, hombre.

—Nadie va a impedir que meta en el catre a la mujer del rey de la construcción —siguió insistiendo el borracho.

—Que ya está bien he dicho. No se ponga pesado —gritó el responsable.

Alguien inició un botellazo que cruzó todo el salón. Al sonido de cristales siguió un barullo de voces de ambos sexos y éstas se mezclaron en el piso de arriba con el fragor del yacusi que contenía a los amantes llenos de espuma de rosas.

—Alguien se está matando ahí abajo —dijo Ulises.

—Alguien se está matando —dijo Martina.

Cuando abandonaron la habitación después de saciarse de sí mismos hasta el dolor estaba el sol muy alto y los cristales barridos pero en la puerta del prostíbulo había un hombre esperando dentro de un Renault rojo. Martina pagó esas horas de amor con una tarjeta de crédito, de modo que su paso por el famoso antro La Flor de Loto quedó registrado.

En cuanto los amantes reemprendieron el viaje supieron que un coche les seguía y no por eso forzaron la velocidad. Iban de camino en dirección al valle y hubo un momento en que el Renault se colocó a su misma altura y el conductor comenzó a mirar por la ventanilla sonriendo a Martina sin dejar de realizar gestos obscenos con la lengua.

—Ese tipo cree que eres una puta —dijo Ulises.

—¿Y no lo soy? —preguntó Martina.

—Ese tipo se ha confundido. Eres Blanche Dubois.

El conductor del Renault bajó la ventanilla y pegado al Jaguar a la misma velocidad comenzó a gritar:

—¡Señorita Martina!, ¡señorita Martina! ¿No me conoce? Yo también la quiero. Siempre he estado enamorado de usted. ¿No me conoce? ¡¡La quiero, señorita Martina!! Oiga, oiga, déme una oportunidad. La quiero a usted desde que le arreglé el jardín por primera vez. ¿No me conoce? Señorita Martina, la quiero desde el día en que la vi. Oiga. Oiga. ¡¡Soy el jardinero!!

Sin volver la cara Martina apretó el acelerador hasta el fondo y dejó atrás los gritos de aquel enamorado. Los amantes abandonaron la carretera general para tomar el desvío que conducía al valle y al llegar a lo más alto les recibió el sonido frenético de las chicharras y los aromas violentos que transportaba el siroco. Se tumbaron a la sombra de un pino y dejaron que el silencio de su respiración se uniera al bullicio de algunos insectos y a la brisa ardiente que doblaba las flores silvestres. La radio del coche decía que era el verano más duro del siglo. El calor hacía que los perros sangraran por la nariz y al parecer eso también lo sabían las hormigas que no habían salido del hormiguero desde que empezó agosto.

Después de tres días de cabalgada los amantes se habían derrotado y estaban rendidos entre hierbas silvestres teniendo ante sus ojos toda la profundidad del valle que llegaba hasta el mar. Las montañas extraían destellos de luz con una dureza mineral. Mientras los amantes dormían abrazados en medio de todos los perfumes agrestes, el cocodrilo se paseaba a sus anchas por el interior del *Son de Mar* y arrastraba su tripa lechosa con movimientos torpes sólo en apariencia porque había conseguido acomodar su longitud a la nueva vivienda por si se producía en ella una batalla. Martina y Ulises durmieron hasta que el siroco acabó de quemar la tarde y el sol se precipitó por el barranco del Infierno dejando arriba algunas nubes ensangrentadas. Después entraron en la gruta del Caballo y llenaron unas botellas de agua del aljibe para el barco. Sintieron hambre. De bajada optaron por detenerse en la cafetería del sanatorio de leprosos a comer un bocadillo, pero antes de llegar oyeron que de allí salía música de pasodoble que llenaba gran parte del valle. Ése era un sábado de fiesta aunque los amantes lo ignoraban. En aquella cantina del sanatorio había farolillos de verbena y los enfermos y sus familiares estaban celebrando con un baile la Virgen de Agosto. Los amantes se sumaron al jolgorio. En un tocadiscos sonaban pasodobles. Los leprosos endomingados bailaban *El gato montés* y en cuanto Martina llegó a la terraza de la cantina uno de ellos, el más audaz, la tomó en brazos y no cesó de bailar con ella hasta el último compás. Ulises danzó con una leprosa y al oír sus risas se puso la felicidad contagiosa, de modo que el pasodoble levantó de las sillas a los demás enfermos y todos bailaron con todos. La pareja de amantes parecía más hermosa que nunca. Después comieron raciones de calamares, patatas fritas, almendras

y aceitunas rellenas y finalmente todos brindaron con champán mientras la tarde se deshacía
y la música se iba por los desfiladeros de las
montañas.

Martina quiso comprar una botella para
llevársela de recuerdo, pero allí nadie le permitió que pagara nada. Muy complacidos por
la visita los leprosos regalaron champán a la pareja de amantes para que lo tomaran a su salud.

—Les he visto muchas veces por aquí.
Les he visto muy felices —les dijo una mujer.

—Gracias, señora. Todavía recuerdo sus
flores —contestó Martina.

—Voy a plantar un mirto en este jardín
para que el amor les dé suerte. Me recuerdan
ustedes tanto mi juventud —dijo la leprosa.

—Muchas gracias, señora.

—Tome, señorita. Llévese también este
ramo. Lo he recogido esta tarde. Son las flores
silvestres más bonitas que he encontrado, prí-
mulas, margaritas y lirios salvajes —dijo la mujer sacando el ramo con una cinta roja que ador-
naba en un búcaro el televisor de la cantina.

Después de perderse por las discotecas
de la costa que hervían en la noche del sábado los amantes regresaron al barco cuando ya
amanecía el domingo y al subir a bordo se encontraron con el tambucho de popa abierto.
Bajaron al camarote. Fue Martina la primera
que percibió una respiración debajo de una li-

tera. Era un ronquido muy tenue que terminaba en un silbido de queja. A su vez también notó un hedor nuevo instalado en el recinto y algunos objetos derribados. Enseguida el caimán hizo acto de presencia dando una sacudida con la cola, que produjo un sonido de tralla y cuando en la penumbra del camarote Martina vio el lomo verdoso de la fiera que se movía dio un grito desgarrado. Debajo de la litera estaba el caimán mostrándoles la dentadura con ojos vivos y la cola arqueada. Habían bebido demasiado pero el caimán era demasiado terrible para que el alcohol no se les bajara de repente a los pies. El pánico le impidió a Ulises concebir nada mitológico en aquella situación. Esta vez no era nada que hubiera leído en los libros. Hizo que Martina abandonara muy despacio el camarote para no provocar al animal y una vez a salvo, llena de terror, la mujer en cubierta comenzó a llorar de forma muy histérica. Ulises tomó un bichero rematado con un garfio de acero y aunque su acción era similar a la de los héroes según viene en la mitología el caso era real y Martina veía a través del tambucho la terrible lucha de su amante con aquel cocodrilo que se revolvía dando coletazos casi eléctricos cuando el acero se le incrustaba en el lomo. Dentro del camarote caían los cacharros, temblaban los mamparos, el desorden no era más que una sucesión de dentelladas y golpes certeros con el garfio. Después de media hora de batalla el caimán quedó con la tripa lívida hacia arriba y bien cuarteada de heridas mortales. La fiera cerró las fauces y apagó los ojos y de ambas cosas no se sabe qué hizo primero, pero esta lucha despertó en el corazón de Martina su amor inmenso.

En medio del caos, una vez superado el terror, sobre la litera principal aún estaban intactos el esmoquin y el vestido de Chanel tal como los había abandonado Alberto, iluminados ahora por la luz de la amanecida que dejaba pasar el ojo de buey. Martina ni siquiera reservó un segundo para odiar a su marido. Sólo contempló al caimán muerto y crispado a los pies del héroe.

Ulises observó detenidamente el esmoquin de su boda, la mancha en la solapa, la polilla, el olor a herrumbre que despedía. Registró los bolsillos y en uno de ellos encontró el dibujo que le hizo Xavier Leal en el balneario de Las Arenas vistiendo este mismo esmoquin imaginario con los pies desnudos sobre una silla bajo las jacarandás. Fue su regalo de bodas; durante el banquete nupcial a la sombra de la parra en el patio trasero de la taberna. Había guardado el dibujo en un bolsillo y allí había permanecido su juventud a salvo. Ahora contemplaba de nuevo después de muchos años aquel pie griego que distingue a los héroes y les fuerza a realizar una hazaña.

Ulises se preparó de forma mecánica para desarrollar la ceremonia. Salió desnudo al pantalán y se duchó con la manguera viendo a través del chorro de agua fría la luz del nuevo día que tintineaba por encima del espigón. Martina le acompañó también desnuda en estas abluciones que si bien en los pescadores y marineros son rutinarias al final de una travesía en ellos tomaban un aire de rito iniciativo. Una vez secos y bien fregados se acicalaron sucintamente. Ella le arregló la barba; él le dio una base de crema en la espalda. Ambos se vistieron de gala para recibir la salida del sol. Ulises se puso el traje de novio con el fajín, la corbata de lazo, los zapatos de charol y una flor silvestre en el ojal, tal vez una azalea o una prímula. Martina se vistió aquella seda de un blanco crudo de Chanel con la pamela también blanca con frutas de color lila. Los dos en cubierta descorcharon la botella de champán, regalo de los leprosos del valle. El tapón saltó en el mismo instante en que el sol se levantaba por el acantilado. Brindaron.

—Así te vi yo cuando era una jovencita. Siempre supe que un día Yul Brynner regresaría para llevarme a una isla lejana —dijo Martina.

—También yo sabía que algún día volverías conmigo a Sumatra. ¿Nos vamos? —exclamó Ulises con la copa en alto.

—Sí, vamos. ¿Llevas el pasaporte? —preguntó riendo Martina.

—Llevo todo lo necesario —dijo Ulises.

Ella se quedó sola un momento en cubierta sentada en una silla de lona con el ramo de flores que le regalaran los leprosos en el regazo viendo cómo amanecía. De pronto Ulises puso en acción los motores del *Son de Mar* que hicieron trepidar su anquilosado maderamen como un animal que se despertara después de muchos años de estar muerto y Martina sintió que el universo se movía bajo sus plantas. Ulises largó amarras y removiendo el limo verdoso y podrido del fondo del atraque el *Son de Mar* comenzó a deslizarse por el espejo de la dársena suavemente hasta ganar la bocana del puerto. La silueta de Martina vestida de blanco en cubierta y Ulises de esmoquin agarrado al timón, los dos brindando con champán, fue la última imagen que los amantes proyectaron sobre el mar en calma.

...Ulises y Martina pusieron el Son de Mar
rumbo a Sumatra hasta que muy pronto
vieron que en el horizonte
se levantaba ante su proa
la montaña del Paraíso Terrenal...

Cuando notaron que el barco escoraba llevaban sólo media hora de travesía. Primero sintieron un fuerte temblor en la crujía, seguido de un golpe seco y de pronto se pararon los motores quedando el barco a la deriva en medio del silencio del mar. No era sólo una avería mecánica. En cuanto Ulises se asomó por el tambucho vio que todos los bajos estaban inundados por una vía de agua que parecía muy poderosa cuyo nivel llegaba a la altura de la litera del camarote principal donde ya flotaban los mapas azules con todas sus rutas y también el caimán panza arriba. Los amantes trataron de achicar aquella inundación pero dándose cuenta enseguida de que su esfuerzo era inútil aceptaron el destino y volvieron a cubierta, se sentaron en las sillas de película bajo la toldilla y sin terror alguno comprobaron que el barco se estaba hundiendo a causa de su propio quebranto. Tenían enfrente a dos millas el perfil de la costa que no era Sumatra sino el lugar donde se amaron tantas veces. A babor, el macizo del acantilado y los cerros poblados de chalets; delante, el castillo y la ciudad con el paseo de las Palmeras; a estribor, las playas largas, las urbanizaciones, el rascacielos de La Sirena en cuya cima brillaba una jaula de cristal. Frente a la proa vencida tenían el horizonte azul sin posibilidad alguna de que apareciera en él la isla de Sumatra.

Cuando el nivel del agua llegó a la borda de la primera cubierta y el pequeño oleaje comenzó a mojarles los pies, con los zapatos de charol ya dentro del mar los amantes se miraron detenidamente a los ojos y después de una sonrisa rompieron el silencio que habían guardado de forma impasible.

—¿Quién eres? Ahora que vamos a morir dime quién eres —preguntó Martina.

—¿Quién eres tú? —preguntó a su vez Ulises levantando la copa de champán.

No tuvieron tiempo de responder a esta pregunta porque el barco en ese momento hizo un extraño viraje sobre su eje y se puso a pique, formó un tirabuzón y echó al agua a los amantes, a Martina abrazada al ramo de flores silvestres y a Ulises con la copa en la mano y ninguno de los dos realizó ningún esfuerzo por salvarse.

A la hora más terrible de aquel domingo de agosto el cuerpo de Ulises apareció en la playa en medio de una multitud de bañistas. Llegaba flotando vestido de novio. Los socorristas de la Cruz Roja lo llevaron al ambulatorio del puerto donde el náufrago quedó tendido en una habitación y muy pronto su identidad comenzó a convertirse en una cuestión filosófica: la realidad de los cuerpos presentes. Mientras algunos ciudadanos se preguntaban a quién pertenecía aquel cadáver asombrados de su extraordinaria semejanza con la imagen de Ulises Adsuara, en la cala de los nudistas, al otro extremo de la ciudad Martina aparecía flotando boca abajo detrás de su pamela y de un ramo de flores silvestres, dos elementos funerarios que alertaron al pastor alemán, de nombre *Reo,* propiedad del juez de instrucción Leonardo Muñoz.

Cuando Martina llegó vestida de Chanel y cubierta de algas a la cala de los nudistas fue recibida también como una novia y quedó tendida sobre aquella misma arena en la que Ulises había escrito con el dedo unos versos de Horacio antes de besarla por primera vez.

Un mismo día traerá a ambos la ruina.
No, no será pérfido el juramento hecho. Adonde-
quiera me precedas, los dos iremos, ambos ire-
mos, navegantes dispuestos a hacer juntos el viaje
sin retorno.

Con estos versos Ulises había formado un lecho y Martina quedó recostada en él antes de ser abrazada, pero eran ahora las tres de la tarde del día más caluroso del verano y ella estaba muerta iniciando desde allí aquel viaje prometido. También los alacranes que una tarde de primavera vio madurar bajo las piedras del barranco ahora levantaban la cola en su honor cuando la sintieron pasar ahogada por encima de ellos cruzando la descarnada torrentera con una comitiva formada por el juez desnudo y su perro lobo en dirección a la explanada del acantilado donde estaba la ambulancia de la Cruz Roja para llevarla allí donde la esperaba Ulises igualmente naufragado y vestido de gala.

Oficialmente el cadáver de Ulises pertenecía a un ciudadano extranjero llamado Andreas Mistakis según constaba en el pasaporte, pero el muerto traía un papel cartón con un dibujo en un bolsillo del esmoquin. Aunque el agua lo había empastado todo aún podían descubrirse ciertos trazos de carboncillo que el guardia civil jubilado Diego Molledo en su afán investigador interpretó como la imagen de un hombre sin rostro y con los pies descalzos sobre una silla. En cambio otros decían que era la figura de un navío lo que aquel garabato representaba. El autor de aquel dibujo, Xavier Leal, allí presente, al ver el papel guardó silencio y comenzó a llorar.

En la puerta de la Cruz Roja del puerto que tenía un aire de capilla marinera mucha gente compungida y perpleja esperaba a que llegara la otra contrayente de esta boda fúnebre cuya presencia ya había sido anunciada. Alberto Sierra tenía de la mano a sus dos hijas. También el hijo adolescente de Ulises estaba allí esperando a su madre. En medio de las lágrimas ellos oían los comentarios sobre la incierta personalidad del náufrago. Nadie podía explicarse que una misma tragedia hubiera unido el destino de Martina a aquel ser desconocido y aunque muchos juraban que ese cuerpo pertenecía a aquel profesor de literatura que murió ahogado hacía diez años cada vez la discusión era más enconada. Nadie supo descifrar ninguna peca, cualquier cicatriz, erosión o simple escarnio del tiempo que sólo el amor reconoce en la piel de los amantes. La persona que más sabía de aquel cuerpo también había naufragado. Pese a sus sospechas, Alberto Sierra tampoco conseguía resolver el enigma de la desaparición de su mujer los últimos tres días. Pero en ese momento la comitiva nupcial de Martina se abrió paso entre los contenedores de la explanada del puerto mientras el transbordador de Ibiza hacía soplar la sirena indicando que iba a zarpar. El oscuro sonido de la nave se oyó por todos en silencio como un homenaje a Martina cuyo cadáver vestido por Chanel quedó depositado junto al misterioso compañero de naufragio también vestido de novio.

La pareja fue transportada al depósito del hospital comarcal y para eso el furgón tuvo que cruzar aquella tarde tórrida del domingo de agosto el bullicio de los turistas que llenaba las terrazas y el tinglado de una verbena que se estaba montando delante de la antigua taberna El Tiburón, ahora convertida en pizzería, en la misma explanada donde se rodó *Donde la tierra termina,* una película cuyo galán había hecho enloquecer de amor a una niña y cuya estrella había trastornado la mente a un marinero que se llamaba Jorgito. El forense don Fabián García celebró ese final de domingo bailando con su novia la canción *Corazón de melón, de melón, melón, melón, corazón* en la verbena popular en honor a san Roque, mientras el siroco levantaba los papeles de los tenderetes de pipas y caramelos llevándolos hacia las redes tendidas en el muelle.

Al menos ahora el potentado Alberto Sierra había salido de una duda: su mujer no había sido secuestrada por sus enemigos del negocio que le podían hacer chantaje o exigirle un rescate ni su desaparición estaba relacionada con el caso del constructor asesinado. Pero ¿quién era realmente aquel náufrago que se la había llevado consigo a la muerte? ¿Qué trabajo habría hecho en ellos el caimán? Mientras los cadáveres esperaban esa noche en el frigorífico la autopsia del día siguiente Alberto se acercó al pantalán y comprobó que el barco *Son de Mar* no estaba en el punto de atraque, pero nadie le dio razón de su partida. Ningún pescador, marinero o navegante había visto zarpar, surcar aquellas aguas ni zozobrar al viejo armatoste. La alta mar se había instalado sobre su memoria y tampoco fue reclamado nunca.

Para guardar las formas la familia del potentado Alberto Sierra preparaba los solemnes funerales de Martina mientras ese lunes a media mañana el forense Fabián García remataba la autopsia de los amantes. Eran tan bellos y tan elegantes aquellos cuerpos que el bisturí sólo realizó el daño imprescindible en sus entrañas sin alterar demasiado el esmoquin y el vestido de Chanel. Después de este trabajo rutinario y del análisis somero de algunos cultivos el forense hizo un informe de la defunción. No encontró ningún dato que se saliera de un naufragio ordinario con encharcamiento de los pulmones con agua de mar, aparte de un boquerón diminuto que estaba casi metido en el alma de Ulises y la mancha en la solapa del esmoquin que pertenecía a una salsa de tomate de cualquier fiesta ignorada, anterior al amor de Ulises.

El problema seguía siendo la identidad del náufrago, una duda que iba a zanjarse en cuanto se contrastaran las huellas dactilares. Los cuerpos de los enamorados estaban tendidos en la piedra frente al claro ventanal de la sala de disecciones a través del cual se veía toda la extensión de la bahía y los barcos que salían por la bocana del puerto. Las huellas del supuesto Ulises quedaron selladas en una cartulina y ésta fue remitida por el forense esa misma mañana al juzgado donde ya se habían solicitado del registro del Documento Nacional las huellas del auténtico Ulises Adsuara y en el juzgado los expertos comenzaron a examinarlas esa tarde mientras se desarrollaban las exequias.

El altar mayor de la iglesia principal estaba adornado con flores blancas, lirios en su mayoría, sin ninguna corona y si había algún lazo negro no daba sensación fúnebre porque el público que asistió al funeral se comportó con el ritual de una fiesta de sociedad, de modo que las mujeres olían a Dior y los hombres a Paco Rabanne. También los féretros parecían estar perfumados. Se había decidido por los familiares de Martina y por los compañeros del antiguo Ulises en el Instituto realizar una ceremonia conjunta para ambos náufragos ya que todo el mundo consideraba que había algo mágico en aquella tragedia. Una bancada del duelo la presidía Alberto Sierra y las hijas, el viejo Basilio, una representación del Ayuntamiento y un grupo de industriales y patronos de pesca. En la otra estaba Abelito, el hijo adolescente, el ena-

331

morado Xavier Leal y el claustro de profesores
y antiguos alumnos de Ulises. El templo rebo-
saba de un público de compromiso hasta des-
bordarse por la plaza.

El cura inició la liturgia de difuntos
dando por supuesto que el muerto era Ulises
Adsuara, ya que ésa era la opinión mayoritaria,
pero en ese momento ya se sabía en el juzgado
que las huellas del náufrago correspondían exactamente a las del pasaporte de Andreas Mistakis, natural de Corfú. Después de un examen
científico a cargo de los expertos de la policía se
había llegado a la conclusión evidente de que las
huellas dactilares del náufrago no coincidían
en absoluto con las huellas reales de Ulises Adsuara que había proporcionado el archivo del
Documento Nacional de Identidad.

En el esplendor del templo adornado
para una ceremonia nupcial el cura leía salmos de tinieblas que sonaban a himnos de
gloria. *Recibe, Señor, en tu seno el alma de tus
siervos Martina y Ulises, llévalos a los verdes Valles
del Edén,* y el público constituido por ló más
sólido de la ciudad se abanicaba esparciendo el
perfume que cubría el bronceado de agosto.
Quien crea en mí no morirá eternamente, decía
el cura, *y resucitará un día de entre los muertos,*
pero sin darse cuenta sus palabras rituales iban
derivando hacia las estrofas nupciales del *Cantar de los cantares, ... venga mi amado a su huerto*

y coma del fruto de sus manzanos, dormía yo y es-
taba mi corazón velando... en mi lecho deseé por
la noche al que ama mi alma; andúvele buscando
y no lo encontré... Muy pronto la ceremonia que
había comenzado como un rito fúnebre terminó con todas las características de una boda,
hasta el punto que en medio de una nube de
incienso que envolvía los dos féretros muchos
asistentes al duelo creyeron oír que el oficiante
desde la primera grada del altar en el momento
de la plática elevaba los interrogantes que con-
sagran el compromiso nupcial o al menos eso
creyeron oír las gentes que ocupaban los primeros bancos. *Ulises Adsuara, ¿quieres como le-*
gítima esposa a Martina Lambert? Y tú, Marti-
na, ¿quieres por legítimo esposo a Ulises? El cura
decía que ambos muertos estaban ya unidos
para siempre en la alegría y en la tristeza, en la
fortuna y en la adversidad y que ya ninguna
fuerza lograría separarlos en los verdes valles del
Edén y que eso era el verdadero amor.

Los féretros fueron transportados a un
cementerio marino cuyas tapias blancas de cal
estaban colgadas del acantilado al sur de Circea.
Era muy pequeño. Se había levantado para dar
sepultura a los navegantes de un paquebote de
ingleses y de una goleta de italianos que nau-
fragaron en los años de entreguerras al abordarse
precisamente en el mismo punto donde había
zozobrado el *Son de Mar,* ese viejo armatoste

lleno de sueños. Desde el cementerio marino en los días en que soplaba el claro mistral se veía a levante la silueta de Ibiza y muy al norte algunos creían vislumbrar el Partenón Azul de la playa de la Malvarrosa. Así podrían verlo también los futuros amantes que fueran a visitar estas tumbas.

Mientras los féretros de esta pareja de náufragos bajaban a la sepultura, alguien del duelo, mirando la bahía, comentó que ya estaban pasando de nuevo los atunes.

FIN

Son de Mar terminó de imprimirse en agosto de 1999,
en Litográfica Ingramex, S.A. de C.V. Centeno 162,
Col. Granjas Esmeralda, C. P. 09810, México, D.F.

II Premio Alfaguara de Novela 1999

El 2 de marzo de 1999, en la Casa de América de Madrid, un jurado presidido por el escritor Eduardo Mendoza, e integrado por Rosa Regàs (Secretaria), Sealtiel Alatriste, Juan Cruz, Jorge Edwards, Mayra Montero y Fernando Trueba otorgó el II Premio Alfaguara de Novela a la novela *Son de Mar*, de Manuel Vicent.

Acta del Jurado:

El Jurado del **II Premio Alfaguara de Novela 1999**, después de dos largas sesiones de deliberaciones en las que tuvo que pronunciarse sobre diez novelas seleccionadas entre las setecientas nueve presentadas, decidió por mayoría otorgar el **II Premio Alfaguara de Novela 1999**, dotado con ciento setenta y cinco mil dólares, a la novela *Son de Mar*, presentada bajo el seudónimo **Capitán Ajab**, cuyo autor, una vez abierta la plica, resultó ser **Manuel Vicent**.

La novela *Son de Mar*, de **Manuel Vicent**, es, a juicio del Jurado: «Una historia contemporánea de amor y misterio enmarcada en el mundo sensual y mágico del Mediterráneo. Con una prosa nítida y rica en imágenes, Manuel Vicent cuenta la aventura de una pareja cuyo destino está sometido a su propia pasión y al influjo de los mitos clásicos que se mantienen vivos en su fantasía».

Madrid, 2 de marzo de 1999

Premio Alfaguara de Novela

Tras el éxito de la primera convocatoria del **Premio Alfaguara de Novela**, que se otorgó por partida doble al escritor cubano Eliseo Alberto, por *Caracol Beach,* y al escritor nicaragüense Sergio Ramírez, por *Margarita, está linda la mar,* la segunda convocatoria ha rebasado todas las expectativas, hasta el punto de alcanzar un nivel de participación sin precedentes en un concurso literario. A la II edición del **Premio Alfaguara de Novela** han concurrido 709 autores de todo el mundo.

El **Premio Alfaguara de Novela** ha nacido con la vocación de contribuir a que desaparezcan las fronteras nacionales y geográficas del idioma, para que toda la familia de los escritores y lectores de habla española sea una sola, a uno y otro lado del Atlántico. Como señaló Carlos Fuentes durante la proclamación del I **Premio Alfaguara de Novela,** todos los escritores de la lengua española tienen un mismo origen: el territorio de La Mancha en el que nace nuestra novela.

El **Premio Alfaguara de Novela** está dotado con 175,000 dólares y una escultura del artista español Martín Chirino. El libro se publica simultáneamente en todo el ámbito de la lengua española.

Tranvía a la Malvarrosa

Manuel Vicent

Alfaguara Literatura / Alfaguara Bolsillo

Tranvía a la Malvarrosa es el retrato de adolescencia de un joven de provincias en la España de los años cincuenta. Los sentidos y la conciencia de este muchacho van creciendo en aquella Valencia huertana, sobre un rumor de crímenes famosos. Como trasfondo, el aire del Mediterráneo, la música, la retransmisión de un partido de fútbol un domingo por la tarde; como escenario, un tranvía con jardinera pintado de azul y amarillo que cruza la ciudad, camino a la playa de la Malvarrosa. En ese espacio olvida el protagonista la neurosis del padre, la tortura de la educación religiosa, la sordidez social de la época. Porque todos los héroes han de hacer un viaje para encontrarse a sí mismos, y éste lo inicia en una Valencia en la que todos los escaparates de las pastelerías exhiben la imagen de Franco confeccionada a base de frutas confitadas.

Tranvía a la Malvarrosa es la memoria sensorial de toda una época y es, también, una espléndida película de José Luis García Sánchez, con Liberto Rabal, Juan Luis Galiardo, Antonio Resines, Vicente Parra, Fernando Fernán-Gómez y Ariadna Gil.

Jardín de Villa Valeria

Manuel Vicent

Alfaguara Literatura

En el *Jardín de Villa Valeria*, una gran mansión medio derruida, se reunían desde mayo del 68 un grupo de alegres jóvenes progresistas. Eran intelectuales, artistas, profesionales y ejecutivos de las primeras multinacionales; vestían de pana los domingos, reían, conspiraban, y asistían a la descomposición de la dictadura franquista. A medida que la casa comenzó a ser restaurada, el grupo fue disgregándose, y con él, los ritos de una generación que marcaría después la política y la cultura. Manuel Vicent realiza en *Jardín de Villa Valeria* la formidable crónica de una fascinación.

Jardín de Villa Valeria es una espléndida novela donde el escritor levantino mezcla sus recuerdos personales con los acontecimientos históricos vividos durante la Transición española, un ajuste de cuentas que, a veces, es tierno; otras implacable, pero siempre lúdico. La novela logra reavivar nuestra memoria colectiva: el reflejo de una generación envuelta en músicas evocadoras de Adamo, Tom Jones, Los Brincos o Frank Sinatra. Todo ello narrado a ritmo perfecto de bolero. De escritor perfecto. De perfecto contador de historias.

Los mejores relatos de Vicent

Alfaguara. Obra Reunida

Los mejores relatos es una muestra evidente del arma de doble filo de la pluma de Manuel Vicent, que destapa en estos 45 relatos las sombras de la vida. Realidad manifiesta y realidad subyacente, las dos caras de una misma moneda. Historias que inciden en la soledad y las ausencias del hombre; el abandono; la falta de escrúpulos cuando se trata de ganar dinero; la caducidad profesional de los ejecutivos de hoy en día, rápidamente sustituidos por otros más jóvenes, más productivos y más rentables, que saben retar a los ordenadores más avanzados; las ilusiones etéreas y temporales de la publicidad; el afán de aparecer en la prensa; el arte y su mala gestión; la hipocresía de la sociedad que es capaz de ayudar al que pide para un yate y no al que suplica un bocadillo..., hasta terminar con la historia de un hombre de izquierdas que nunca ha comprendido «por qué la izquierda ha caído en la trampa de dejarse arrebatar ciertos valores», como la disciplina, la eficiencia, el método, el deporte, la limpieza, el respeto social y la educación férrea asimiladas a la derecha. Precisamente este relato, *No pongas tus sucias manos sobre Mozart,* obtuvo el Premio de periodismo González Ruano.

Las horas paganas

Manuel Vicent

Alfaguara. Textos de escritor

Las horas paganas reúne los mejores artículos publicados por Manuel Vicent en la prensa a lo largo de los últimos años, un verdadero encuentro con la literatura, con el deleite de esa palabra que nombra el mundo como si lo revelase por vez primera, que envuelve nuestros sentidos y nos desvela la realidad a través de las apariencias. Manuel Vicent recorre los infiernos de hoy en día, los modernos monstruos, las paradojas de nuestra sociedad, la España más negra, la memoria colectiva y la propia, en una crónica contemporánea.

Manuel Vicent canta, clava, increpa y se relaja en estas grandes prosas breves. Nada de lo que estremece al mundo, desde Chiapas hasta crímenes más próximos, está fuera de la crónica enciclopédica que constituye este libro. Pero la singularidad de estas llamadas a un orden más humano está en el modo áureo y silente que Manuel Vicent tiene de acercarse a los sucesos, de iluminar paisajes, de revelar conexiones insólitas y evidentes.

La vida y la muerte, el amor y la soledad, el poder y la servidumbre, el dinero, el placer, la felicidad y el tedio constituyen el esqueleto y la musculatura de este magnífico libro.